M et Mme Picard !

J'espère que vous allez
suivre avec curiosité
les péripéties de ce femme
garou qui un destin a
comme lacé de son
pays natal.

Bonne lecture

[signature]

D1325226

MOI, J'AI LE CŒUR BLANC

*Du même auteur,***FANTAISISTES MES PETITS ÉCRITS ?** Publié à compte d'auteur en avril 1996. C'est un ouvrage de contes, textes et mini-nouvelles de 276 pages. *Épuisé.*

À paraître : **MANIKA**

PIERRE SAINT-SAUVEUR

MOI, J'AI LE CŒUR BLANC

Éditions pour tous

Éditions pour tous, collection **ROMAN** pour tous

Données de catalogage avant publication (Canada)
Saint-Sauveur, Pierre
Moi, j'ai le cœur blanc
(Collection **ROMAN** pour tous)

ISBN 2-922086-04-6

I. Titre. II. Collection

PS8587.A353M64 1998   C843'.54   C98-940275-4
PS9587.A353M64 1998
PQ3919.2.S24M64 1998

Photographie de la couverture : *Pierre Saint-Sauveur*
« Après les sautes d'humeur de la pluie verglaçante, un aspect de mon quartier. » Photo prise le 7 janvier 1998.

Photographie de l'auteur : *Jacques Navarre Richard*

Photolithographie : *Jean-François Séguin*

Dépôt légal
Bibliothèque nationale du Canada
Bibliothèque nationale du Québec
© Éditions pour tous
© Pierre Saint-Sauveur
1er trimestre de 1998
Tous droits réservés

ÉDITIONS POUR TOUS
2860, croissant de la Marquise
Brossard (Québec)
J4Y 1P4 — (514) 676-8770
eptous@videotron.ca

« Dort enfin ma feraille
Qui m'eut aimé
Aux issues, aux cités de mon image »

Magloire SAINT-AUDE
Poète surréaliste haïtien

Remerciements

Je remercie chaleureusement mon épouse Anne-Marie, non seulement qui m'a encouragé à continuer ce roman dès qu'elle avait lu les premières pages, mais aussi a participé à la révision linguistique.

Par ailleurs, mes remerciements s'adressent également à mes amis :
Pierre Antoine CYRIUS et Fabien RAPHAËL qui ont bien voulu prendre lecture du manuscrit et qui m'ont fait part de leurs commentaires judicieux.

****
Dédicace

À

    ma fille
        LUDMILLA.

Au lecteur,

Après mon premier bouquin *FANTAISISTES MES PETITS ÉCRITS?* où la première mini-nouvelle *LA LUNE* se voulait un clin d'œil vers mon pays d'origine, je récidive.

En voyant à la télé, il n'y a pas longtemps, des gens débarquer à l'aéroport de Mirabel avec des enfants qu'ils étaient allés chercher en Haïti, un serrement de cœur m'a saisi. Si je considérais ces enfants délivrés de la misère matérielle, je me posais pourtant la question de leur problème d'identité une fois l'adolescence atteinte.

Ne voulant cependant pas jeter le désarroi chez ces gens, après tout, armés d'une générosité manifeste, j'ai imaginé un roman où les hauts et les bas des circonstances de la vie finissent par donner espoir et ouvrent une perspective enrichissante.

Puisse mon histoire inventée trouver un écho favorable non seulement chez ces parents qui ont posé ce geste bienfaisant mais également chez quiconque me fera le plaisir de lire le fruit de mon imagination.

Pierre SAINT-SAUVEUR.

N.B. TOUTE RESSEMBLANCE DE MON RÉCIT AVEC UN CAS CONCRET SERAIT PURE COÏNCIDENCE.

Quand elle était allée le chercher à l'un des orphelinats de Port-au-Prince (HAÏTI), il s'appelait Radipè. Pourquoi ce nom? On suppose que ses parents biologiques, qu'il ne connaissait pas, bien sûr, étaient vraiment épris de ce fameux candidat à la présidence du pays : Radipè. Ce gueulard finissait par se faire passer pour le futur prophète qui devait sauver ce pauvre pays. Donc on avait trouvé Radipè enveloppé dans des guenilles sales à faire vomir et justement baignant dans ses vomissures. La bonne sœur qui avait ramassé ce petit être innocent, à la porte de l'orphelinat, eut un haut-le-cœur instinctif, elle qui était habituée pourtant à ce genre de situation. Elle nettoya ce petit garçon qui conservait malgré tout un regard brillant et qui grimaçait quelque chose qui ressemblait à un sourire à la vie. Sœur Emma se sentit alors gratifiée et rassurée du fait que l'existence humaine cache parfois des surprises que d'aucuns appellent mystère!

Radipè, en quelques jours, voire quelques semaines, prit du poil de la bête au point que du haut de ses douze mois, il ressemblait plutôt à un petit gars de bonne famille, comme il était courant de le dire dans ce pays.

Ses joues commencèrent à prendre la teinte d'un enfant bien portant physiquement. Il devint le bout en train de la meute de ces petits êtres qui ne savaient pas pourquoi la nature ou la Providence les avait éjectés sur cette terre de cette drôle de façon.

Habituellement, un enfant devait être désiré par ses

parents au point que sa venue en ce bas monde devait constituer une fête à tout casser. Sœur Emma qui ramassait, depuis une vingtaine d'années, les contrecoups des contraintes amoureuses de celui-ci ou de celle-là ne se posait pas vraiment ce genre de questions. Quand éventuellement une personne, journaliste la plupart du temps, voulait fouiller la conscience de cette bonne dame pour lui extraire l'opinion qu'elle soutenait face à cette situation épouvantable de non-responsabilité de certains, elle répondait invariablement :

— Que voulez-vous faire contre la passion charnelle des humains?

C'était peut-être sa manière à elle d'extirper de son corps ce démon appelé : le sexe. En prononçant ses vœux de chasteté il y a plus de vingt-cinq ans, elle s'était promise de supprimer, même de son subconscient, cet élan qui s'empare parfois de tout individu et le rend tellement vulnérable.

En abandonnant jusqu'à son nom de famille, elle abhorrait tout ce qui était passion humaine pour reporter toute son affection vers ce Jésus, son vrai époux virtuel. À cause de cette abnégation salutaire, elle se donna corps et âme dans la récupération des dégâts engendrés par cette passion humaine et charnelle.

Ainsi, elle s'érigea en mère pour ses nombreux petits êtres abandonnés à eux-mêmes dès leurs premières expériences avec la réalité humaine. Elle devint rapidement la maman enviée de tous et de toutes.

Certaines rivalités inhérentes à la nature humaine surgirent quand même dans un tel lieu car la jalousie n'est l'apanage de personne en particulier. Ainsi, Radipè devint une sorte de coqueluche auprès du personnel car son minois exerçait une fascination irrésistible sur le personnel.

Une inquiétude, toutefois, commença à tirailler la conscience ou le subconscient de la bonne religieuse. Habituellement tous les enfants parqués dans une telle institution étaient destinés à l'adoption. Cependant, certains d'entre eux n'auront jamais cette chance car chaque enfant est jaugé suivant ce critère subjectif appelé : le coup de foudre. Justement, ce fameux coup de fouet irrésistible et mystérieux s'empare de l'individu, quel que soit son statut social, le rend dingue et lui fait poser parfois des actes insensés.

Bien entendu sœur Emma n'entendait poser aucun acte insensé. Mais elle s'était laissé séduire par ce bambin qui dégageait ce charme étrange et qui forçait la bonne dame à manifester à son endroit une affection dont elle ne gratifiait pas les autres petits délaissés. Les préposées aux petits bénéficiaires de secours comprirent mal la dérogation à la ligne de conduite que la responsable de l'orphelinat avait tracée elle-même. Cette dernière non seulement demandait-elle constamment à ses collaboratrices de ne pas se laisser aller sur la pente du sentimentalisme exacerbé, mais elle exigeait aussi cette attitude de la part de chacune sous peine de congédiement. Cette façon d'agir, tout le monde l'avait compris ou du moins l'acceptait de bon cœur car on savait que planait sur la tête de chaque enfant cette possibilité de départ.

Un drame avait failli se produire une fois alors qu'une grande dame venait prendre livraison de son bien. Celle qui s'occupait de la petite fille d'alors avait sorti un couteau et avait assailli la riche bourgeoise qui eut heureusement plus de peur que de mal. Le chauffeur de celle-ci avait arrêté l'intrigante à temps. Chaque fois que sœur Emma voulait convaincre son monde que les élans de maternité ne seraient pas tolérés, elle invoquait bien entendu cet incident.

Pourtant, les nuits de sommeil de la bonne religieuse commencèrent à devenir de plus en plus instables. Chaque fois que ces heures réparatrices surprenaient cette dernière à brûle-pourpoint et qu'elle s'abandonnait forcément dans les puissants bras du dieu Morphée, les mêmes images insupportables dansaient dans ces voyages fantasmagoriques.

Emma voyait immanquablement une étrangère d'une autre nationalité débarquer dans son orphelinat et pointer du doigt le petit espiègle. Cette belle inconnue disait en piaffant de bonheur et d'impatience tout en frappant ses deux mains à tout rompre : « Il n'est pas comme les autres, celui-là. Il dégage une aura majestueuse qui me chavire. Si c'est ça le coup de foudre, alors j'ai pris un coup de foudre. »

Sœur Emma se réveillait alors perlée de sueur et en poussant des cris d'horreur : « Non! Pas lui. Radipè n'est pas à donner. »

La pauvre religieuse ne pouvait même pas s'ouvrir à son entourage puisque ce serait briser elle-même ses propres directives. Elle essaya alors de prendre une attitude plus passive à l'égard du bambin. Celui-ci visiblement ressentit ce changement d'attitude puisqu'il s'était mis à suivre la religieuse pas à pas en baragouinant un mot qui ressemblait à maman.

Emma voulant montrer à ses collaboratrices que la loi était une pour tout le monde prenait les mesures prescrites en de telles circonstances. Radipè fut enfermé dans un réduit communément appelé « le p'tit coin ». Non! Ce n'était pas l'endroit où les enfants allaient déféquer. Emma cultivait une idée trop élevée de la dignité humaine pour faire enfermer des petits déshérités du sort dans un endroit destiné à l'évacuation intestinale.

Au début, cette petite pièce dénudée de tout ameublement porta le nom prédestiné de « p'tit paradis ». Les enfants turbulents ou ayant une tête forte allaient réfléchir dans ce « p'tit paradis ». Toutefois, un prêtre qui avait choisi le paradis comme thème d'une fin de semaine de retraite à laquelle participait la religieuse fouilla tellement bien le sujet que ses réflexions portèrent Emma à réviser la situation. De retour à l'orphelinat, mine de rien, elle organisa un concours pour trouver un nom plus approprié à ce réduit. C'était ainsi que ce lieu plutôt sévère hérita de ce nom « p'tit coin ». Il n'en demeurait pas moins que l'enfant amené en ce lieu subissait l'isolement, peine aussi amère que le fouet. Il faut bien spécifier que cette religieuse n'était pas portée sur les châtiments corporels avec ses pensionnaires. Cette attitude venait du fait qu'elle considérait ces enfants déjà assez punis par le sort. Elle se sentait mal à l'aise de leur faire subir les conséquences des égarements de leurs parents.

Certaines consœurs chuchotaient dans son dos qu'elle tolérait le vice. Qu'elle considérait ces bâtards comme de vrais enfants de Dieu. Que c'était un manque de clairvoyance et de responsabilité morale que de confier ces enfants du péché à une personne aussi dépourvue de bon sens.

Sœur Emma pourtant gardait sa fonction de responsable de cet orphelinat. Une mère qui ne voulait jamais s'identifier et qui avait abandonné un jour sa fillette devant l'institution était devenue une dame haut placée dans les allées du pouvoir. Elle s'était arrangée pour faire sortir Sophie, c'était le nom originel de la petite fille, de l'orphelinat pour la placer dans une pension de famille. Elle avait promis, par une lettre anonyme à Sœur Emma, qu'elle serait sa protectrice quoi qu'il arrive. C'était peut-être pour cela qu'Emma savait qu'elle serait toujours directrice en dépit des opinions contraires d'une certaine catégorie de gens sur sa manière d'agir avec ces petits orphelins et orphelines.

Il y avait une chose devant laquelle Emma mesurait toute son impuissance. Les enfants qu'elle ramassait devaient, un jour ou l'autre, partir. Malgré les efforts surhumains auxquels elle se soumettait pour se rassurer elle-même, le cas de Radipè l'inquiétait de plus en plus. On aurait dit qu'à chaque jour, chaque heure, chaque minute, chaque seconde, elle attendait le verdict du destin. Ces cauchemars s'étaient considérablement diminués. Pas ses inquiétudes. Les rêves qu'elle faisait à répétitions ne pouvaient être autre chose que de la prémonition. Étant une croyante sans faille et surtout une dévote à la Vierge Marie, elle se persuada que cette dernière apparaissait dans ses rêves pour lui faire comprendre qu'elle avait pris Radipè sous la protection de son manteau bleu.

Elle dut pourtant désenchanter. Un matin, une voiture s'arrêta devant cet immeuble servant d'orphelinat. Un homme à l'allure élégante était accompagné d'une belle étrangère. Le cœur de la bonne femme monta jusque dans sa gorge dans une palpitation désordonnée. Bien qu'il y eût une cinquantaine d'enfants des deux sexes à offrir en adoption, Emma fut bouleversée par la ressemblance de cette dame avec l'étrangère de ses cauchemars. Elle se précipita à la rencontre de cette intruse car personne ne l'avait avertie de la visite de celle-ci.

Dégageant un air plutôt hautain aux yeux de la religieuse, la belle étrangère lui tendit une pièce sans ajouter un seul mot. Emma se dépêcha d'ouvrir la missive avec une visible agitation. Ses doigts tremblèrent en signe de nervosité. Elle parcourut rapidement les lignes qui dansaient devant ses yeux mais comprit immédiatement qu'un laissez-passer avait été octroyé à cette dame pour venir choisir dans le lot l'enfant qui ferait son affaire. Le seul contact verbal qui s'était établi entre la directrice de l'orphelinat et cette dame venue d'ailleurs était d'annoncer à Emma qu'elle retournera dans deux jours pour faire son choix.

Ordinairement, quand un enfant se trouvait à la veille d'être sorti de ce lieu pour aller connaître ce qu'on pouvait appeler « une vie de famille », Emma se réjouissait intérieurement. Il demeurait entendu que l'orphelinat ne disposait pas de budget de fonctionnement capable de gérer comme il convenait le sort de ces nombreux enfants. On pouvait dire que c'était surtout grâce à des dons d'ici et de là que cet organisme tenait à qui mieux mieux. La subvention de l'état dépendait, fort souvent, de l'humeur du ministre et fluctuait suivant la sympathie de tel ou tel fonctionnaire à l'égard de la directrice de l'établissement. C'était en fait du dépannage organisé. Les gens qui y travaillaient ne considéraient pas comme salaire la pitance qu'ils en recevaient. À commencer par Sœur Emma elle-même qui donnait le ton. On était en général des servantes de Dieu qui œuvraient pour la gloire de Dieu. C'était difficile pour cette catégorie de personnes de se détacher de ce sentimentalisme primaire qui faisait d'elles des parents improvisés pour ces petits êtres. Sœur Emma savait très bien qu'en imposant à ses collaboratrices ce détachement qui devait amener la réussite de l'organisme, elle obligeait ces gens à faire montre d'un cynisme qui les dénaturait. Mais elle savait aussi que c'était le seul rempart contre des scènes de déchirements sentimentaux quand une Madame à l'instar de celle qui venait de partir se présentait avec ce fameux papier.

Sœur Emma ne répondit pas. Elle se contenta de faire un signe d'approbation. L'étrangère disparut comme elle s'était introduite dans la bâtisse. La religieuse s'était battue fort souvent avec les autorités pour leur faire comprendre que cette façon de procéder était cruelle non seulement pour les employées mais également pour les enfants. Elle s'était fait répondre constamment que, si elle pouvait trouver elle-même de quoi les nourrir, alors elle pourrait changer la procédure. Devant la réalité vraie d'une telle situation, elle avait dû se courber et accepter le fait accompli.

Armée donc de cette feuille de papier communément dénommée « laissez-passer », Emma réunit son monde dans la petite salle appelée justement « le p'tit coin ». Les collaboratrices savaient que toute convocation dans cette salle ne contenait pas une nouvelle réjouissante. En effet, la religieuse apprit à ses collaboratrices que le surlendemain un enfant devait les quitter. Chacune réagit à sa façon. Toutefois, tout le monde se fit un vœu secret, comme d'habitude, que l'enfant sélectionné ne fasse pas partie du lot de ses protégés. Personne ne pouvait visiblement montrer ses inquiétudes. La réunion prit fin avec une tristesse non dissimulée. L'observateur neutre et perspicace aurait pu détecter une accentuation de cette tristesse chez Emma. Elle ne devait rien laisser paraître mais sa physionomie la trahissait. D'un pas lent et régulier, elle se rendit à la chapelle jouxtant la bâtisse abritant l'orphelinat. Elle montra une lassitude visible semblant traîner ce corps lourd d'interrogations.

Elle s'agenouilla face à un Christ sur une croix de bois. Elle ne prononça aucun mot sinon qu'on pouvait voir ses lèvres remuer avec une cadence régulière. Elle fouilla dans sa poche et tira une enveloppe. Elle la déchira et extirpa deux feuilles de papier écrites recto verso. Une écriture soigneuse indiquait que l'auteure provenait sinon d'une bonne famille mais d'une école où une certaine manière de faire dominait. Elle n'avait jamais jugé utile de prendre connaissance de quoi que ce soit depuis le jour où elle avait ramassé le petit bonhomme. Pour elle, c'était mieux ainsi. Même si elle savait tout de l'histoire de l'enfant qui lui était confié, ça n'aurait rien changé au fait que l'adoption constituait l'aboutissement final. Cette fois-ci, elle crut bon de savoir car elle avait le pressentiment que Radipè lui serait enlevé. Elle ajusta ses lunettes sur son nez et lut :

« À la bonne âme qui ramassera le petit Radipè

Je ne vous dirai pas mon nom. Ce n'est pas nécessaire. Je suis pourtant ce qu'on appelle dans ce pays une fille de bonne conduite. Comment j'ai eu un enfant sans papa? C'est simple et compliqué à la fois.

Vous savez, j'avais dix-huit ans quand Radipè (le vrai) se propulsa dans les arènes de la politique. Il était tellement simple, tellement convaincant, tellement merveilleux en même temps. On aurait dit qu'il dégageait quelque chose de mystérieux et de surnaturel. Une jeune fille de mon âge voyait, quand cet être s'adressait à la foule, ce Jésus dont j'avais appris l'histoire et qui m'avait marquée. Bien que le vrai Jésus fût blanc, je voyais le même personnage dans ce noir hors du commun. Je ne m'étais pas arrêtée à ce petit détail bien qu'on dise, fort souvent, que ce sont les petits détails qui font toute la différence.

Je buvais littéralement chaque mot qui sortait de la bouche de Radipè comme s'il s'adressait directement à moi à travers la foule. Enfin, me disais-je, voilà l'Homme qui va vraiment sauver ce malheureux pays. Voilà celui qui va briser les barrières sociales et donner à chacun sa petite part de pays. Je chantais. Je dansais à l'idée que les élections allaient consacrer ce grand humaniste, le redresseur de torts, en lui donnant la chance d'accéder à la magistrature suprême de l'état. J'ai vécu des moments d'euphorie, d'exaltation même. Je voyais le mot « DIGNITÉ » dans toutes les sauces. C'était comme si sur chaque mur ce mot apparaissait en toutes lettres.

Le premier opposant qui aurait eu l'audace de me dire que je planais dans les nuages aurait été étouffé de mes propres mains. Croyez-moi, j'étais prête à me faire tirer dessus si une force quelconque m'empêchait de manifester ma dévotion envers cet homme. Il suffisait, pour moi, de savoir que mon poulain allait s'asseoir sur ce fauteuil magique de la présidence. Armé d'une baguette magique, il allait tout révolutionner en faveur des moins nantis. De ceux appelés : les sans voix.

Inutile de vous dire que mes parents tiraient le diable par la queue. Point besoin de vous expliquer que, pour me faire atteindre la classe de rhétorique, ils ont dû se sacrifier en ne connaissant rien de ce qu'on peut appeler : des moments de loisirs.

Nous avons réussi! Nous avons gagné nos élections! Remarquez que, même si j'ai employé le mot « nous », je ne me trouvais pas pourtant dans l'organisation de mon héros. Pour moi, lui c'était moi. Moi, c'était lui. Le pouvoir, il l'avait acquis en mon nom. Il allait le partager avec moi. Je veux dire les moins nantis. J'ai passé une nuit entière à me défouler les hanches, moi la fille d'une pudeur consommée. J'ai fêté. J'ai crié. J'ai piaffé durant toute la nuit des résultats électoraux. J'ai même bu quelques verres d'alcool. Je pense avoir fêté durant toute une semaine. Partout où je passais, je déclarais aux autres qui s'étaient toujours opposés à l'émancipation du peuple : « Vous devez vous résigner. Oui, c'est un fait, le peuple est au pouvoir maintenant. Finis les abus d'autorité. Au diable, le culte de la personnalité. Au diable les abus de pouvoir! »

J'étais devenue une vraie « passionaria ».

Deux semaines après l'intronisation de mon héros à la magistrature suprême, on annonça un concours pour le recrutement d'une vingtaine de secrétaires dactylographes. Je ne pouvais pas laisser passer ma chance. Sachant qu'il y avait des possibilités que je ne finisse pas mes études, je m'étais inscrite à un cours de dactylographie alors que j'étais en classe de troisième secondaire...

Vous me direz que de l'argent, mes parents en avaient puisqu'ils pouvaient me payer ce cours. Eh bien non madame! Je m'étais entendue avec la directrice d'une école privée. Je donnais des cours de français à ses élèves faibles et en retour elle me permettait de suivre les cours de dactylo. C'est ainsi que j'avais pu obtenir mon diplôme aux examens du Ministère avec la mention « Excellente ».

Il fallait toutefois convaincre mes parents de me laisser aller à Port-au-Prince. Je refuse de vous dire d'où je venais. Je ne veux sous aucun prétexte vous donner un indice pour arriver à m'identifier.

Donc, après plusieurs heures de discussions et de tergiversations et même des réunions de familles, mes parents avaient fini par céder. C'était par manque d'argent que ma mère ne m'avait pas suivie. Il faut savoir comment mon entourage avait une peur bleue de la capitale. Je fus parmi une cinquantaine de jeunes filles qui aspiraient à occuper les vingt places disponibles. Pour moi, le concours fut un jeu d'enfant puisque je dépassais le standard demandé. Ainsi, je ne fus pas surprise quand j'avais vu mon nom parmi les vingt-cinq jeunes personnes sélectionnées pour passer l'entrevue finale. J'exultais. Je criais à qui voulait l'entendre que le pays avait pris un virage nouveau. Que Radipè avait définitivement changé les choses. Que désormais les mœurs allaient être assainies. Autrefois, on n'aurait jamais vu une telle chose. Un concours qui devait départager les personnes compétentes des vendeuses de chair, c'était une vraie révolution. Si Radipè ne se trouvait pas pris avec ses lourdes responsabilités, je lui aurais demandé que je vienne le remercier au nom de toutes les filles qui aspiraient à un emploi décent et digne.

J'avais fait savoir à mes parents que l'affaire était dans le sac. Que désormais j'allais pouvoir les aider à mettre un peu de beurre sur leur pain. C'était parler trop vite et trop tôt. Je fus effectivement convoquée pour l'entrevue. Bien entendu,

18

sachant que j'allais travailler au département de la justice, je m'étais mise sur mes trente six. Je vous assure, Madame, que je n'étais pas provocante. D'ailleurs, pourquoi l'aurais-je été? J'avais réussi le test haut la main. Je savais que l'ancien système avait été révolu. Je n'avais aucune raison de croire à ce qui allait m'arriver.

Dès ma pénétration dans le bureau de cet homme, je fus surprise de le trouver en une tenue qui ne correspondait pas à celle d'un directeur de département. Il était en bras de chemise. Il souriait avec une malice entendue. Il commença par me complimenter sur ma tenue vestimentaire. Je lui fis comprendre que je prenais déjà le style d'un département où la crédibilité de tous et chacun préfigurait la base de la nouvelle démocratie à l'essai. Il raillait quand j'encensais Radipè et la nouvelle conception des choses. Par son attitude, je voyais que ce directeur passait à mille lieux de mon discours. Je me suis demandée intérieurement si cet homme était de l'ancienne équipe. Je fus ramenée sur terre lorsqu'il me dit : « Tu sais ma belle poupée, nous ne pouvons pas changer les choses du jour au lendemain. Même si je suis de la nouvelle équipe que tu idéalises tant, je ne suis pas un homme désincarné. » Il me lançait des coups d'œil vraiment lascifs...

Je m'étais demandée, secrètement, où voulait-il en venir? Il finit par cracher le morceau. Il me fit comprendre que je pouvais avoir une carrière enchanteresse et enrichissante au département de la justice mais que tout se paie. Si j'acceptais de le voir en particulier je serai parmi les vingt élues. Je ne vous cache pas, Madame, que je voulais me suicider quand j'ai laissé le bureau de cet homme.

Toutefois, j'étais vraiment mal prise. Mes parents me faisaient parvenir déjà une liste de produits que je devais leur acheter. Ma tante chez qui je me trouvais me parlait déjà de l'augmentation du coût du loyer que j'aurais à partager avec elle. J'ai erré comme une folle dans les rues de Port-au-Prince.

Le salaud m'avait laissé un numéro de téléphone si jamais j'avais changé d'idée. Je l'ai appelé en le priant de considérer que j'avais encore ma virginité et que je me réservais pour celui que j'aimerais d'amour tendre. J'ai même essayé de lui faire du chantage en le menaçant de le dénoncer à Radipè lui-même. Par le rire dévergondé qu'il me signifia à l'autre bout du fil, je me suis aperçue que je vivais depuis quelque temps déjà dans les nuées célestes. J'étais coincée d'un côté par la honte qui me rongeait vu la vertu que je chantais à tout le monde de la nouvelle équipe et la réalité des choses. J'ai dû accepter de lui donner ce qu'il voulait. Il a tout pris, ma virginité, ma crédulité, mon innocence. Je n'ai pas eu l'emploi.

J'ai appris par la suite que le concours c'était du bidon. C'était un écran de fumée. Toutes les jeunes filles qui ont été engagées se trouvaient être à un titre ou à un autre les maîtresses de ces messieurs qui gravitaient dans les avenues du pouvoir. J'ai dû mentir à tout le monde de mon entourage pour aller mener à bien cette grossesse car je n'avais pas les moyens financiers de me faire avorter. Toutes les décoctions qu'on me donnait pour extirper de moi ce fœtus n'avaient aucun effet. Je fus ramassée par une dame qui eut pitié de moi et à qui je servais de domestique. Elle m'aida à qui mieux mieux. Quand l'enfant est né et qu'elle a vu que c'est un petit garçon elle a dit : « Il faudra l'appeler Radipè car ce nom signifie celui qui nous a sauvés. » Que vouliez-vous que je réponde à cette bonne dame ? ...

Maintenant que ma brave samaritaine est décédée et que je n'ai pas le courage de tuer l'enfant, je vous le donne. J'espère que Radipè connaîtra une vie remplie de bonheur... de petits bonheurs, bien entendu. »

Sœur Emma replia les deux feuilles de papier et les remit dans l'enveloppe. Elle essuya sur ses joues quelque chose qui ressemblait à une goutte de larmes. Elle tira de sa poche un chapelet qu'elle commença à égrener machinalement. Elle fixa ce crucifix dont la statue lui donnait l'impression de s'apitoyer sur son sort. Bientôt une somnolence s'empara de tout son être. Ce Jésus qu'elle fixait avec un regard pénétrant, descendit lentement de sa croix. Il vint s'asseoir auprès d'elle.

— Alors, tu as de la peine, Emma, lui dit celui-ci tendrement.

— Je sais que tu vois tout, entends tout et surtout devines tout. Tu peux lire dans ma pensée, tu en es capable. Inutile de me poser la question.

— Emma! Emma! Tu as choisi volontairement de ne pas avoir d'enfants. Pourquoi veux-tu t'attacher à ce petit garçon?

— Il est tellement mignon en son genre, Seigneur!

— Mais, il n'est pas à toi. Tu dois le laisser partir.

— Jamais! M'entends-tu Seigneur! Jamais!

— La belle dame viendra le chercher. C'est sur lui qu'elle va jeter son dévolu! Parole du Seigneur!

— Non! Seigneur! Non! Non!...

Le sacristain se précipita dans l'église en entendant les cris de la bonne sœur. Celle-ci se réveilla en baragouinant quelque chose que le sacristain n'arrivait pas à décrypter. Il aida sœur Emma à sortir du lieu saint.

La nuit fut pénible pour Emma. Elle rumina plusieurs scénarios susceptibles de substituer Radipè à cette espèce d'encan pour enfants. Elle revit sa conversation avec ce Jésus durant sa somnolence. S'il y avait une chose que cette sainte femme avait toujours évitée de faire dans sa vie, c'était de ne pas accomplir la volonté de Dieu. D'ailleurs, n'était-ce pas son fils, cet époux mystique qui venait de la mettre en garde contre toute tentative en ce sens? De n'importe quel côté qu'elle envisageait la situation, le dilemme demeurait entier. Ses collaboratrices ne voudraient jamais marcher dans une combine quelconque pour la protéger contre cette tentation de ne pas présenter l'enfant à la belle étrangère. Emma se montrait toujours intraitable avec elles, quelles que fussent les circonstances. Fort souvent, elle restait de glace devant les lamentations de ces dernières à l'occasion d'un départ.

Les heures s'égrenaient inexorablement et le jour fatidique

arriva à grands pas. Dans son innocence, le petit garçon ignorant, bien entendu, les soubresauts qui secouaient sa « mam...m...ma » multiplia les facondes envers la bonne religieuse. Emma avait fini par comprendre que Radipè en l'appelant « mam..m..ma » voulait tout simplement marmonner Emma car tout le monde désignait la religieuse sous ce vocable. C'était pourquoi, elle ne se formalisait plus quand le bambin la suivait pas à pas en répétant ce vocable comme un chapelet qu'il égrenait. Pourtant ce soir-là, elle n'était pas d'humeur à supporter les espiègleries de Radipè. Elle le repoussait d'une manière assez rude quand celui-ci insista pour donner un bisou à la bonne religieuse. Elle donna l'ordre de coucher les enfants avant l'heure habituelle. Les collaboratrices d'Emma trouvèrent cette dernière non seulement d'une humeur massacrante mais d'une allure empreinte de tristesse visible. Jamais elles n'avaient constaté autant de douleur chez leur directrice à la veille d'un départ.

Secrètement, tout le monde devinait qu'Emma, pour la première fois, laissait percer son intimité et qu'elle ne voudrait pas voir partir Radipè. Certaines personnes semblaient croire que le fait par elle de l'avoir ramassé personnellement créait ce lien d'affection entre la religieuse et le petit garçon. D'autres par contre pensaient qu'elle connaissait la mère de l'enfant qui serait une parente et qu'elle sentait comme une sorte de trahison de le laisser partir. À la veille donc de la venue de la belle étrangère, c'était comme si les gens autour de Radipè arrêtaient leur conviction comme quoi celui-ci serait l'heureux élu.

Les petits orphelins furent réunis dans la grande salle où se déroulait ordinairement la séance de choix. Un observateur cynique avancerait que cette façon de procéder ne cédait en rien à une vente à l'encan de bétail. Sauf que les femmes qui y prenaient soin étaient toujours dominées par deux sentiments. Celui de se détacher de ces petits déshérités du sort, d'une part, celui de voir leur bonheur matériel assurer pour un bon bout de temps, d'autre part. On s'entourait de toutes les précautions pour éviter de donner ces enfants à des gens ne répondant pas à des critères financiers viables. On tremblait dans la maison quand on entendit qu'un commerce d'enfants du tiers monde se tenait chez les gens assez fortunés des pays occidentaux. La crainte se transforma en panique quand on apprit que parfois ces petits êtres déjà marqués par un destin fatidique servaient de cobaye pour certaines recherches médicales. Ou qu'ils étaient éliminés pour vendre à de riches personnages des organes dont ceux-ci avaient besoin pour des greffes. Des histoires d'horreur où des yeux d'enfants furent prélevés et vendus alors que l'enfant n'était pas mort arrivèrent à leurs oreilles. C'était pourquoi toute personne qui se présentait et qui venait d'un pays étranger quelconque était marquée de ce stigmate d'éventuelle trafiquante d'enfants.

Entre-temps, on avait appris que la belle étrangère arrivait du Canada. Au moins, on était un peu plus rassuré car on considérait le Canada comme un endroit où les gens venaient chercher des enfants parce qu'ils les voulaient vraiment. Pourquoi ce Canada jouissait-il de ce facteur de béatitude? On ne le savait pas d'une manière précise. C'était peut-être que ces histoires d'horreur ne se passaient pas dans un pays où le racisme envers les Noirs n'avait pas connu ses heures de gloire comme aux États-Unis. Ou bien des combats incessants et légendaires, pour arracher aux Blancs cette parcelle de droits élémentaires, n'avaient pas fait des manchettes de journaux.

Au départ, donc, la belle étrangère bénéficia de ce préjugé favorable. Rien n'empêcha pourtant Sœur Emma de voir en celle-ci une arracheuse d'enfant et particulièrement de celui qu'elle avait sélectionné pour être son chouchou. Elle fit asseoir le petit garçon dans un coin un peu obscur de la salle parmi d'autres un peu plus âgés pour le montrer sous un dehors le plus désagréable possible. Les collaboratrices de sœur Emma ne purent s'empêcher de remarquer ce subterfuge de leur bien-aimée directrice. Plusieurs de ces femmes sentirent une sorte de pitié pour celle qui voulait se montrer toujours impassible devant la faiblesse des autres préposées. Le sentiment que la directrice connaissait la mère de Radipè et qu'elle y était liée traversa l'esprit de plusieurs. Le regard de tout le monde fit une rotation entre le petit garçon et la bonne religieuse. Radipè, mû, peut-être, par un sentiment dont il ne pouvait appréhender les effets, se blottit sur sa petite chaise en baissant la tête. Il avait perdu cet air enjoué qui faisait le délice de ceux qui l'approchaient.

L'heure fatidique sonna. La belle étrangère, toujours accompagnée de celui qui semblait être délégué par les instances supérieures, arriva dans une voiture conduite par un chauffeur. Elle fut reçue avec une amabilité composée pour la circonstance par la religieuse. Elle entra dans la salle à pas mesurés. Elle regarda avec attention chaque enfant comme pour chercher à percer le secret caché de chacun. Elle voulut sans nul doute aussi se laisser gagner par ce... elle ne savait quoi... qui empreignait une personne avec une telle ardeur qu'en langage amoureux on appelle « coup de foudre »...

À peine eut-elle fini d'évoquer ce passage éclair dans sa pensée qu'elle poussa un cri : « Mais c'est Yann! » Son doigt se pointa vers Radipè. Sœur Emma fit un bond et se trouva face au petit Jean-Lou. Déjà, elle le souleva pour l'apporter à la belle dame. Mais celle-ci secoua négativement la tête et désigna Radipè.

—C'est lui Yann! Je le veux! fit la jolie étrangère de plus en plus excitée.

—Mais il ne s'appelle pas Yann! rétorqua Emma indignée.

Il ne s'appelait pas Yann! dit la grande bourgeoise. Désormais, il sera Yann. Oh! Mon rêve!

Emma, tout en protégeant le petit garçon, ne savait vraiment comment agir dans cette situation qui se présentait pour la première fois. Voilà qu'elle se trouvait attachée à cet enfant d'une manière non acceptable pour la fonction qu'elle était appelée à occuper auprès de ces petits abandonnés. Depuis le temps où elle s'était donnée corps et âme à la triste tâche de vouloir adoucir le sort des conséquences de la passion de ses semblables, elle se programmait pour ne pas tomber dans un autre genre de passion. Elle avait toujours mis de l'avant le bien-être matériel de l'enfant tout en priant Dieu pour le reste. Cette fois-ci, elle était prise dans un traquenard que ce petit garçon lui avait involontairement dressé. Elle était parfaitement consciente qu'elle se livrait à un baroud d'honneur et que Radipè devait être remis à la dame. Elle devait toutefois dissimuler son état d'âme non seulement à ses subordonnées mais également à ce fonctionnaire qui observait ses manèges avec attention et qui semblait prendre des notes dans un calepin. Elle s'efforça donc de sourire comme si elle était contente du choix de la belle étrangère. Elle savait très bien que le fameux fonctionnaire avec l'habitude de traiter la chose humaine comme on aligne des chiffres pour arriver à un résultat mathématique, pouvait suggérer à son ministère d'enlever l'orphelinat sur la liste des subventions. Là, ce serait la mort certaine pour nombre de ces petits malchanceux.

Elle se mit donc à féliciter la dame pour le choix judicieux qu'elle venait de faire. Quand la religieuse voulut faire ressortir le charme naturel que dégageait Radipè dans ses rapports conviviaux avec ses semblables, Madame parla plutôt de son rêve prémonitoire.

— J'étais à peine endormie, avança-t-elle avec encore plus d'excitation, quand je me trouvai dans une maison pareille à celle-ci. Un petit garçon enjoué comme tout et doté d'une peau d'ébène comme du velours s'avança gaillardement vers moi. Une personne l'attrapa car, paraît-il, le petit malin s'était faufilé parmi les orphelins en laissant la main de sa tante qui l'avait amené là pour voir la directrice de l'établissement, une parente à lui. Mais celui-ci cria de toutes ses forces : madame je m'appelle Yann!...Yann!....Yann!... Je veux aller avec toi! Je me réveillai en sueur. Quelques gouttes de larmes mouillèrent mes yeux. C'était comme si une révélation venait de m'être faite. C'était comme si une voix intérieure me dictait la route à prendre. J'ai alors décidé de venir ici comme guidée par ce... je ne sais quoi de mystérieux. Et voilà le petit garçon que j'ai vu dans mes rêves. Elle serra

Radipè sur sa poitrine. Celui-ci ne comprenant rien de ce qui se jouait comme drame dans le cœur d'Emma ouvrit son jeu de charme.

La dame fut littéralement grisée. Dans un élan irrésistible, elle embrassa la religieuse. Elle serra dans ses bras, en même temps, sœur Emma et Radipè. Quand elle lâcha prise la religieuse était déjà saoulée par les événements. Il fallait toutefois contre mauvaise fortune faire bon cœur. Le choix de la belle étrangère étant chose réglée, les formalités d'adoption se précipitaient comme par enchantement. En somme, le fonctionnaire qui présidait à l'échange ne perdait pas de temps à expédier l'affaire. Une routine pour lui, ce genre de chose. On apporta le peu de linge que Radipè possédait. La dame, d'un signe de tête, signifia à la personne que ce n'était pas nécessaire. Elle voulait montrer par ce geste que désormais le petit garçon allait avoir de quoi s'habiller. Emma fut vexée qu'un petit souvenir de la maison ne put accompagner l'enfant; les autres employées trouvèrent également cette façon d'agir grotesque. Elles essuyèrent quelques larmes en catimini de peur que le fameux fonctionnaire ne remarque quelque chose. Celui-ci attrapa l'enfant comme s'il voulait précipiter son départ. Radipè qui semblait ne rien comprendre à tout cela fit quelques signes en guise d'adieu à ces dames avec lesquelles il avait débuté le commencement de son existence terrestre. Il disparut dans la voiture que le fonctionnaire venait de faire démarrer assez vivement...

****

Yann DÉLARMOTHE entrait en pleurant chez ses parents.

« Mamie, dit-il, en essuyant quelques larmes qui perlaient sur sa joue, mes amis disent que je suis Noir. Est-ce vrai? »

— Mais mon chou, tu n'es pas Noir.

— Suis-je Noir, Mamie?

— Tu es bien cuit! Voilà!

— Explique Mamie! Explique!

— Bon! Cela veut dire que le petit Jésus t'a laissé plus longtemps dans le four.

— Pourquoi, il m'a oublié dans le four, le petit Jésus?

— Il a voulu te distinguer des autres.

— Pourquoi?

— Ben! Pour te rendre plus original.

— Mais je suis Noir pareil hein! Mamie?

— Oui! Mais tu as le cœur blanc.

— Ah! Oui! Et qu'est-ce que ça fait?

— Ça fait que tu es comme nous autres. Tes frères, tes sœurs, tes amis.

— Qu'est-ce que je leur dis, à mes amis, quand ils me disent que je suis Noir?

— Tu leur dis « moi, j'ai le cœur blanc ».

C'était de cette façon que Yann DÉLARMOTHE, cinq ans, répondait désormais à ses petits camarades quand ceux-ci le taquinaient par rapport à la couleur de sa peau. Il faut dire que le petit garçon dénommé Radipè à l'orphelinat n'aurait jamais reconnu sœur Emma si par hasard celle-ci avait rencontré son ancien chouchou. La réciproque aurait été vraie. La belle dame menait une vie bourgeoise. Un couple stable ayant déjà quatre enfants, deux filles et deux garçons, qui recevaient une éducation la plus conforme aux normes généralement acceptées chez les gens d'une certaine aisance financière. Vivant en banlieue de Montréal, ces gens donnaient l'allure par la marque de leurs trois voitures et la dimension de leur demeure de ceux qui se situaient parmi les nantis de la société. Il fallait croire que madame avait effectivement eu ce rêve qui le hantait et qui fut à l'origine de l'insertion de Yann au sein de sa famille.

Au début, celui-ci constitua, surtout pour les autres enfants, la curiosité de la famille. Quand les autres parents se pointaient à la maison à l'occasion d'une fête quelconque, une consigne de silence semblait s'imposer par elle-même.

Personne ne s'enquit auprès de madame du pourquoi de ce choix. C'était elle-même qui présentait Yann à tout le monde et qui montrait à qui voulait le comprendre qu'aucune opinion ne saurait être tolérée sur la pertinence du choix de l'enfant. Le train-train de la vie se déroulait donc avec une parfaite harmonie pour l'enfant. Le petit chanceux se montra à la hauteur de la réputation qu'il avait acquise à l'orphelinat. Sa façon enjouée de se faire accepter et même d'être aimé de tous ceux qui l'approchaient provoqua quelques frictions avec les autres enfants mais rien de bien grave.

Le sort de Yann semblait définitivement tracé par la divine Providence. Le petit garçon jouissait d'une santé à toute épreuve. Ses parents l'inscrivirent à diverses activités sportives et il développait déjà des qualités qui annonçaient un futur hockeyeur de haut niveau. Ses entraîneurs osèrent même parler d'un bon « prospect ». Toutefois, le jeune garçon, maintenant âgé de dix ans, traînait après lui cette espèce de paradoxe dont il n'arrivait pas encore à cerner tous les aspects. On lui demandait constamment d'où sortait-il. Ses parents, bien entendu, lui offraient des explications mais aucune ne le satisfaisait pleinement. Il fallait comprendre que cette situation avait provoqué de vifs débats dans la famille. Bien entendu, les discussions ne se déroulaient jamais en présence de Yann. Pour mettre un point final à ce quiproquo qui aurait pu faire dégénérer en chicane sans fin les relations entre le mari et la femme, il fut décidé de consulter une psychologue. Celle-ci, opta pour la vérité toute crue. Il ne fallait rien cacher au garçon, disait-elle, étant entendu que l'évidence ne se démontre pas. L'enfant possédait des yeux pour voir. On ne pouvait jamais lui faire accroire qu'il était le fruit des amours de monsieur et madame ses parents. Toutefois, madame influencée peut-être par sa sœur aînée qui contredisait la spécialiste des angoisses humaines consulta un prêtre pour entendre le point de vue de ce dernier sur ce sujet somme toute très délicat. L'homme d'église se montra mi-figue mi-raisin. Il ne voulut pas se mouiller pleinement, constatant l'état d'âme de sa paroissienne.

Il était même arrivé à la belle dame de demander à un être mystérieux de venir lui indiquer dans son sommeil la meilleure décision à adopter. La chose qui constituait pour elle un vrai dilemme n'était pas que Yann ne pût voir la différence de couleur entre lui et sa famille immédiate mais qu'elle ne sût comment lui faire accepter sa réalité. Elle qui n'avait aucune idée de ce que c'était être raciste. Elle qui ne pouvait pas comprendre pourquoi des êtres humains qui déféquaient de la même façon se prétendaient supérieurs à d'autres. Elle n'entendait pas que ce petit être qu'elle était allée choisir à la suite de son rêve prémonitoire devait être la risée de quiconque. Elle eut bien des démêlés avec toutes les personnes qui, d'une façon ou d'une autre, devaient prendre contact avec Yann. À l'école, le jeune garçon se tenait au-dessus de la moyenne de la classe. Cependant, chaque année, sa mère avait une plainte quelconque à formuler contre tel ou tel enseignant. On devait surveiller son langage ou choisir ses mots quand on s'adressait à Yann. Le jeune homme abandonna le hockey parce qu'un jour un entraîneur adjoint lui avait dit que les Noirs ne sont pas performants dans ce genre de sport. La mère de Yann menaça de traîner ce raciste en cour s'il ne s'excusait pas. Malgré le règlement à l'amiable de l'affaire, elle incita Yann à abandonner ce genre d'activité où un dirigeant se permettait de tenir de tels propos.

Le jeune homme qui prenait de l'âge au point de commencer à s'intéresser aux filles ne se sentait pas bien dans sa peau. Pour un oui ou bien pour un non et parfois pour couper court à tout échange qui portait sur la couleur de sa peau, le jeune garçon répéta son refrain : « Moi, j'ai le cœur blanc. » C'était le seul moyen de défense que sa bien-aimée mère lui avait donné comme instrument. Oui, il adorait cette femme qui l'entourait d'une affection sans bornes. Même que ses frères et sœurs lui lançaient des pointes qui faisaient ressortir l'agacement qu'ils éprouvaient face à l'allure que prenaient ses relations avec leur mère. Ils chuchotaient que leur mère avait choisi Yann tandis qu'eux-mêmes sont venus comme par hasard. Parfois la dame avait dû désamorcer des débuts de querelles en parlant dans le blanc des yeux de chacun. Elle leur disait que chaque enfant était désiré par le couple. Le mari dans tout ça gardait une certaine réserve. Il fut difficile pour Yann de l'appeler Papa tout bonnement. Chaque fois, il y eut une sorte d'hésitation que ce père ne voulait pas sanctionner par des remontrances inopinées. Il confiait à des amis intimes que l'idée venait de sa femme. Qu'il n'avait rien contre ce geste de générosité mais qu'il essayait de se mettre à la place de ce garçon dans ses angoisses intérieures et qu'il n'avait pas encore de réponses à ces questionnements. Une sorte de pudeur l'envahissait chaque fois qu'il voulait faire une démonstration en public de son attachement à ce fils différent. On aurait dit qu'il craignait une sorte de jugement que les autres ne manqueraient pas de porter intimement et surtout entre eux.

Au fur et à mesure que l'adolescence marquait ses empreintes sur le caractère du jeune garçon, on voyait visiblement que dans sa tête quelque chose grouillait. À son école des camarades commencèrent à lui donner le surnom de « cœur blanc ». À son insu ce mot devint « cueu blanc ». Les nouveaux de l'école qui ne savaient pas la source de ce surnom commencèrent par chuchoter la chose. Bientôt la rumeur gagna les oreilles les unes après les autres. On disait donc que Yann était un gars bizarre. Tout Noir qu'il était, la nature l'avait doté d'un « zizi » blanc. Des filles curieuses le regardèrent d'un air étonné. Certaines poussèrent leur curiosité jusqu'à lui proposer de sortir avec elles. Yann recevait une éducation assez stricte et sa mère ne permettait pas certaines libertés. Le jeune garçon n'osa pas souffler à celle-ci une telle audace de la part des filles. Il n'en demeura pas moins frustré de ne pouvoir jouer au Don Juan de l'école. Bientôt certains autres garçons le prirent à partie à cause justement de l'engouement qu'il semblait susciter chez les filles. Un esprit de clan prit corps à l'intérieur de l'établissement scolaire. Il se forma des groupes « pro cueu blanc » et des groupes « anti cueu blanc ». Yann ne soupçonna pas les potins qui couraient à son sujet. L'un des fils biologiques de sa mère qui avait quelques semaines de différence avec lui et qui fréquentait la même école, ne voulut pas s'en mêler de crainte de provoquer à la maison une atmosphère invivable. Les enfants biologiques ne développaient pas vraiment une animosité à l'égard de leur frère imposé. Toutefois, ils supportaient mal les attentions de leur mère à l'égard de cet étranger qui avait pris une place qu'ils jugeaient démesurée dans le cœur de celle-ci. Chaque fois que l'occasion se présentait, l'un ou l'autre des enfants ne manquait pas de faire sentir à leur mère, mais toujours avec subtilité, leur jalousie à l'état latent. C'était pourquoi Benoît ne se mêla pas de ce quiproquo. Il aurait pu expliquer à ceux qui voulaient bien l'entendre que Yann n'était pas plus bizarre que n'importe qui. Il avait entendu une fois sa mère consoler son frère en lui répétant avec conviction que son cœur était blanc. Il commençait à appréhender le drame qui se jouait dans le for intérieur du bonhomme. Il se sentait aussi démuni que l'auteure de sa vie pour expliquer à ce dernier qu'il devait s'accepter tel qu'il était conçu. Il ne pouvait non plus culpabiliser sa mère pour avoir induit Yann en erreur lorsque celui-ci n'était encore qu'un enfant. À la maison, toute conversation traitant de race ou de différence entre les êtres humains devenait taboue. Celle qui menait la vie de la famille n'entendait sous aucun prétexte qu'un tel concept constituât un thème de discussions pour ne pas traumatiser son fils. Le frère surprit assez souvent son frère adoptif à répéter avec sincérité : « Moi, j'ai le cœur blanc. » Il avait même trouvé dans un cahier que ce dernier avait oublié une fois sur la table de la cuisine ce slogan écrit en exergue sur la première page. Il ne pouvait non plus réunir tous les nouveaux de l'école pour les haranguer afin qu'ils cessent de propager cette stupidité.

Yann, de son côté, ne prêta aucune attention à la prononciation de « cueu blanc » et « cœur blanc ». Il savait très bien que si les autres voulaient désigner son appareil génital en parlant de « queue », ils mettraient l'adjectif « blanc » au féminin. Pour lui, dire que la Nature ou la Providence l'avait doté d'un cœur blanc c'était s'éloigner de ces gens de couleur de qui on disait tout le mal possible. C'était vrai qu'à la maison on ne déblatérait surtout pas sur le dos des Noirs. C'était vrai que sa mère le considérait aussi normal que ses enfants biologiques.

Des fois en allant chez des parents, certaines personnes arrivaient avec une histoire de « nègre ». Sa mère s'empressait toujours de le prendre par la main pour disparaître aussi précipitamment que le conteur d'histoires s'était amené. Yann n'appréhendait pas toutes les subtilités des ragots inventés sur les gens de couleur comme certains se plaisaient à les appeler. Sa mère ne voulait pas que ce fils qu'elle était allée chercher soit le bouc émissaire de personne. Il arriva même qu'elle cessa de visiter certaines branches de la famille qui montraient visiblement une répulsion du petit « noirot ». Le jour où ce mot fut prononcé par sa belle-sœur dans une rencontre de détente familiale, elle s'en était prise avec tellement d'agressivité à cette dernière qu'on avait évité de justesse une rupture totale avec cette branche et partant avec la parenté de son mari d'une manière générale. Celui-ci commença à trouver la situation assez préoccupante. Toutefois, il fit montre de beaucoup d'astuces et de doigté pour ne pas envenimer les choses et rendre sa vie carrément intenable d'avec sa femme.

Le train-train de la maison poursuivit donc son petit bonhomme de chemin avec ses hauts et ses bas. Chacun mit de l'eau dans son vin pour ne pas rendre l'espace de l'autre suffocant. Il faut dire à la décharge du jeune garçon que celui-ci ne profitait jamais de cet espace privilégié que lui procurait sa mère pour s'imposer aux autres membres de la famille. Il était conscient du fait que cette affection démesurée de sa mère adoptive pouvait blesser les autres enfants. Étant le fruit d'une éducation rigoureuse, Yann ne décevait pas. À travers ses gestes, dans ses rapports conviviaux, cette rectitude se manifesta. On se plaisait à le complimenter pour sa faconde. Son abord poli et surtout le respect qu'il manifestait pour tout ce qui était valeurs humaines. Bref, tout parent aimerait avoir un tel fils.

La sauce commença pourtant à se gâter quand l'admission à un collège post-secondaire devint une réalité. Fière de ce garçon qui se tenait parmi les cinq premiers de sa classe de cinquième secondaire, la mère s'empressa de l'inscrire au collège privé le plus réputé de Montréal. Son acceptation fut une simple formalité car le bulletin qu'exhibait cette dernière constituait un vrai examen d'admission. Il fut accepté en baccalauréat international, option sciences de la santé. Pour la mère, c'était inscrit dans les étoiles que son fils serait médecin et rien d'autre. Quand elle exhiba avec une excitation extrême la lettre d'admission alors que tout le monde se trouvait à table, Yann, pour la première fois, protesta avec véhémence. Au grand étonnement de tous et surtout de sa mère, il reprocha à celle-ci de prendre une telle décision sans l'avoir consulté. Il fit comprendre à cette dernière qu'il n'était plus le petit garçon qui n'avait rien à dire en ce qui concernait son devenir. Madame éclata en sanglots. Les autres membres de la famille, à commencer par le mari lui-même, ne surent pas comment gérer cette première crise entre Yann et sa mère adoptive. Chacun essaya de calmer les choses en demandant à chaque parti de comprendre l'autre. Tout le monde cependant fit valoir à Yann que sa mère voulait bien faire. Celui-ci tout en admettant ce fait crut bon quand même d'expliquer qu'il n'était pas une marionnette qu'on pouvait manipuler comme on désirait. D'un coup la mère de Yann se réveilla. Pour elle, c'était comme si, depuis tout ce temps, elle était plongée dans un sommeil léthargique. Yann refusa carrément d'être admis dans ce collège huppé. Il apprit en même temps à sa mère qu'il ne voulait pas être médecin. Quand cette dernière retomba sur ses deux jambes, elle manigança pour tirer les vers du nez de son fils.

— Alors, Yann tu te destines à quoi?

— J'comprends pas Mamie.

— Si tu ne veux pas être médecin, tu voudrais être quoi?

— Je ne sais pas encore Mamie. Je me cherche.

— Tu m'étonnes! Tu termines tes études secondaires. Habituellement, on sait ce qu'on va faire comme profession. J'espère que tu as en tête une profession libérale. Une profession de prestige.

— Je n'ai rien de tout ça dans la tête, Mamie! Je me cherche.

Il regardait sa mère à la dérobée. Celle-ci devint de plus en plus intriguée. Elle avait toujours admiré ce regard franc de Yann. S'il y avait un qui laissait lire son âme c'était bien ce jeune homme qui respirait la franchise même. Elle essaya de décoder le verbe « chercher » que son garçon avait prononcé deux fois. Une inquiétude l'envahit subrepticement. Elle chassa comme une mouche une idée saugrenue qui l'effleura. Elle mena malicieusement sa petite enquête auprès de ses autres enfants. Sous prétexte de parler de rareté de débouchés pour les jeunes, elle s'enquit auprès d'eux pour savoir si Yann se confiait à quelqu'un à propos de sa future profession. Personne ne savait rien ou du moins feignait de ne rien savoir. Ne voulant pas rester sur son appétit, la mère aborda de nouveau son garçon mais cette fois-ci dans la chambre de ce dernier. Elle parla de peinture. Elle lui demanda s'il voulait occuper une autre chambre plus grande dans la maison. Celui-ci, sans doute pris de remords à l'égard de son attitude envers cette femme qui lui vouait tant d'affection, versa quelques larmes. Tout en le consolant, la mère profita de ce moment de sensiblerie pour lui tirer les vers du nez.

— Alors, si tu ne veux pas aller dans ce collège, tu abandonnes l'école au niveau secondaire?

— Non Mamie! Je n'ai aucune intention d'abandonner les études. Je compte accéder à des études hautement supérieures.

La mère grimaça un petit sourire qui refléta toute sa satisfaction intérieure. C'était comme si son fils venait de lui déposer la lune sur un plat d'argent. Mais elle ne fut pas satisfaite tout à fait.

— As-tu un collège en vue et lequel?

Yann pensa qu'il vaudrait mieux lâcher le morceau et se débarrasser une fois pour toute de ce corset que constituait sa décision.

— Oui! J'ai choisi un cégep public du Nord de la Ville de Montréal.

C'était comme si la dame avait reçu une brique sur la tête. Elle resta un moment perplexe...

— Du Nord de Montréal, dit-elle. Qu'as-tu à voir avec le nord de Montréal que tu ne connais même pas?

— Je ne le sais pas vraiment, Mamie.

Le mystère s'épaissit pour la mère. Elle ne comprenait vraiment pas. Voici un garçon élevé en banlieue ayant une réputation de haute bourgeoisie. Voici un garçon qui n'avait jamais fréquenté une école publique. Voici un garçon qui n'avait que des amis banlieusards, ce garçon voulait aller se frotter avec une clientèle de conception tout à fait différente des principes reçus dans la famille. Elle n'insista pas. Elle se disait en elle-même que cela ne servirait à rien d'affronter son garçon. Elle résolut de consulter un thérapeute. Celui-ci demanda à parler au jeune homme pour saisir le dessous des choses. La mère réussit à faire admettre au spécialiste qu'on ne pouvait pas agir à visière levée. Celui-ci ayant l'habitude de ces situations délicates proposa un subterfuge. Il viendra à la maison comme vendeur d'encyclopédies et on s'arrangera pour que le garçon soit seul.

****

Quand la sonnerie retentit Yann se présenta à la porte.

— Je suis celui que la maîtresse de la maison attend. Je suis...

— Ah! Oui! Entrez donc. Ma mère vient de partir pour faire une course. Elle m'a dit justement de vous inviter à vous asseoir et de l'attendre.

Le faux représentant savait déjà qu'il avait affaire à un

Noir. Ne voulant pas toutefois, montrer à son interlocuteur qu'il se trouvait dans le secret des dieux, il feignit l'étonnement. Ayant été sans nul doute averti par celle qui l'avait engagé pour aller tirer les vers du nez du jeune garçon, il se limita à des banalités.

— Ainsi, vous ne craignez pas le froid intense du Canada? s'enquit-il pour introduire la conversation.

— Vous pouvez me tutoyer monsieur. N'est-ce pas qu'on tutoie les jeunes ici?

Le faux représentant ne savait comment réagir. Il prit un livre et commença à le feuilleter.

— Vous ne me demandez pas si j'ai déjà joué au hockey et comment je m'en suis tiré? Je vous le dis tout de suite. Il paraît que j'aurais été un bon « prospect ». C'est ainsi qu'on dit ça, n'est-ce pas?

— Euh!.. Euh! Je crois bien...

— Alors, un entraîneur adjoint m'avait fait comprendre que les Noirs ne peuvent performer en hockey... Ma mère m'avait vite retiré de ce lieu. Est-ce votre opinion aussi, monsieur?

Le thérapeute sans lever sa tête de l'encyclopédie qu'il feuilletait machinalement, grogna.

— J'ai pour devise de ne pas opiner sur toutes sortes de sujets. Fort souvent, je me contente d'écouter l'opinion des autres.

— Pourquoi une telle attitude? Vous savez, les gens qui craignent d'émettre le fond de leur pensée sont dangereux.

Le faux représentant regarda le jeune homme d'un air étonné. Il se demanda secrètement qui était ce jeune garçon? Son style direct, sa verbalisation aisée, la façon dont il plongeait son regard sur l'interlocuteur le plaçait dans la catégorie des futurs décideurs. Il se posa à lui-même l'épineuse question de l'arroseur arrosé. Serait-il capable de porter son client à se mettre à table d'une manière adéquate? Il connaissait les moyens financiers de la dame. Il savait aussi que celle-ci n'allait pas lésiner sur la facture qu'il lui présentera en guise d'honoraires. Faudra-t-il tout de même qu'il emmène dans sa valise non pas des encyclopédies invendues mais des réponses concrètes aux interrogations de sa cliente? Il fit alors un tour d'horizon pour se rappeler les nombreux concepts développés pour chaque circonstance au cours de ses séances dites de « remue-méninges ». Il décida donc de caresser ce qui lui paraissait sous-jacent dans le comportement du jeune homme : son ego.

— Vous... pardon tu me parais un esprit vif et primesautier. Comme tel, je devine que tu caches des pans de contradictions difficiles à cerner...

— Pourquoi voulez-vous m'installer sur un piédestal que je ne mérite pas? Il n'y a aucune contradiction dans mes démarches personnelles. Je...

— Excuse-moi, coupa le faux vendeur, je ne t'ai pas demandé ton nom.

— Yann! Yann DÉLARMOTHE...

— Ah! Ah!

— Qu'y a-t-il?

— Absolument rien. Je voulais mesurer chez toi la spontanéité que je soupçonne.

Yann observa ce représentant avec un brin de suspicion dans le regard. Puisqu'il lui avait offert d'attendre sa mère pourquoi ne pas pousser plus en avant la conversation avec quelqu'un qui vend la connaissance?

— Aimez-vous votre travail?

— Je suis enchanté. Je rencontre des gens. Je converse avec eux. Parfois, il y en a qui me racontent leur histoire. D'autres me font des confidences.

Le jeune homme fronça ses sourcils.

— Comme quoi, par exemple?

— Oh!... rien de bien précis... je veux dire, quelqu'un peut me parler de ses petites angoisses... des petites choses qui le tourmentent.

— Mais vous n'êtes pas psychologue? Jouez-vous quand même un tel rôle auprès de certains de vos clients?

Le prétendu représentant prit quelques secondes pour analyser la situation. Se prenait-il à son propre traquenard? Le garçon avait-il deviné l'astuce de sa mère? Ou bien l'avait-il déjà rencontré en quelque part? Il se ressaisit et promptement.

— Tu sais, un vendeur est un psychologue en son genre. Il doit persuader les gens d'acheter son produit. Il faut, pour cela, analyser non seulement la situation mais le client aussi.

Le jeune homme sembla admirer cette réponse. Il dédia à son interlocuteur un sourire franc qui faisait ressortir ses belles dents blanches. Alors, le faux représentant pensa que c'était le moment de passer à l'action s'il voulait que sa rencontre soit positive pour sa cliente.

— Il faut te rassurer, dit-il d'une voix enjôleuse, je ne compte pas mettre ta mère en boîte. Je soupçonne qu'elle veuille faire à son mari un cadeau qui sort de l'ordinaire. C'est pourquoi, elle m'a demandé de venir alors que ce dernier n'est pas à la maison. C'est une surprise. Il s'agira de vingt-quatre volumes. Il y aura pour tous les goûts. Je soupçonne aussi que tu iras fouiner tous les jours dans ces encyclopédies.

— Pourquoi dites-vous ça?

— Mon petit doigt me dit que tu raffoles de l'école, des études et même que tu voudras accéder à des études supérieures...

— Vous êtes un devin vous?

— Non! Un vendeur avisé.

— Ah! vous voulez me mettre en boîte, à mon tour.

— Pas du tout! Ça se voit que tu respires la curiosité du savoir.

Le jeune homme changea d'attitude. Il devint pensif. Le faux représentant se demanda en lui-même s'il venait de passer à côté d'une théorie qu'il avait en maintes fois appliquée. Yann se pencha quasiment vers lui.

— Je ne sais pas si je dois vous dire ça.

— Parle! Je suis un confident de passage...

— Voilà! Comme vous l'avez deviné, je suis un mordu des études. Jusqu'à maintenant, je me tiens toujours au-dessus de la moyenne de la classe...

— En d'autres termes tu es ce qu'on appelle un « bolé ».

— Hum! Je n'aime pas qu'on m'appelle comme ça mais disons que c'est tout comme.

— Il n' y a aucun problème à ce que tu entreprennes des études élevées?

— Oui, il y un problème. Ma mère voudrait que j'aille dans un collège privé mais je ne veux pas.

— J'estime que tu es un privilégié. Il y a beaucoup de jeunes qui voudraient être à ta place, tu sais. Plusieurs gars de ton âge sont obligés de travailler même s'ils vont dans un collège public. Parfois, ils peuvent obtenir un prêt du gouvernement cela veut dire qu'ils s'endettent déjà...

— Arrêtez monsieur le représentant, vous allez me donner mauvaise conscience. Je sais que je suis un privilégié sur un point... mais c'est pas tout dans la vie.

Le vendeur improvisé sentait qu'il tenait son homme. Il comprit comme thérapeute que le fil était sur le point de rompre. Toutefois, il ne voulut rien précipiter.

— Tu sais, renchérit-il, à cause de mon métier les gens me parlent mais je ne t'oblige pas à me livrer tes secrets si le cœur ne t'en dit pas.

Yann regarda son interlocuteur. Celui-ci, sans doute dans la quarantaine, lui rappela son prof de français avec qui il avait développé une bonne relation. Cet enseignant l'incitait fortement à persévérer dans l'écriture de la poésie car d'après lui, Yann possédait un talent certain pour la rime. Il se dit après tout s'il s'ouvrait à cet homme il ne risquait rien...

— Je vais vous faire une confidence, ponctua-t-il d'une voix grave, je n'ai rien à perdre puisque vous n'êtes pas un ami de la famille et mon cas va vous passer à dix mètres par-dessus la tête... Inutile pour moi de jouer à l'autruche. Je viens d'un autre pays, ça se voit. Je viens précisément des Antilles. Je suis un enfant adopté...

— Tu viens de quel pays des Antilles?

— Des Antilles, je vous dis.

— Mais les Antilles c'est plusieurs pays...

— Vous voulez écouter mon secret ou vous voulez me passer un examen?

Le faux représentant se tut. Il ne voudrait surtout pas gâcher ce plaisir qui allait lui rapporter gros.

— Je vous disais donc que je venais des Antilles. Ma mère n'a jamais voulu me dire exactement d'où. J'ai l'impression que dans la maison et autour de moi la consigne est donnée de ne pas me le dire directement. Toutefois, il n'y a pas trop longtemps, je capte sur mon propre appareil de télé le canal communautaire et multiethnique de Montréal et ce régulièrement. J'ai découvert quelque chose qui m'a bouleversé...

— Qui t'a bouleversé?

— Qui m'a remué. Qui m'a pris par les tripes. Qui a exercé sur moi une attraction que je n'arrive pas à comprendre...

— Mais c'est quoi?

— Je ne le sais vraiment pas, monsieur. Sauf que je voyais de jeunes cégépiens et cégépiennes d'origine haïtienne qui donnaient un spectacle. Leurs gestes, leur façon de danser, leur musique, leurs chants tout ça m'a appelé dans ce que j'ai de plus profond en moi. Je me suis surpris à essayer d'imiter leurs gestes après avoir fermé la porte de ma chambre à clé...

— Et pourquoi as-tu fermé la porte de ta chambre à clé?

— Oh! Pour que ma mère ne me surprenne pas. J'ai l'impression qu'elle surveille parfois ce que je regarde à la télé.

— Si je comprends bien, tu veux aller à ce collège pour prendre contact avec les jeunes de la communauté haïtienne?

— C'est peut-être ça. Je n'arrive pas à bien définir cette sensation chez moi. Ce que je peux vous dire par contre, je ne changerai pas d'idée. Il faut que j'aille là-bas.

Le thérapeute n'en demandait pas tant. Il se dessina déjà devant ses yeux la facture qu'il allait présenter à sa cliente. Il surveillait du coin de l'œil le moment où madame allait faire son apparition. Il pouvait se dire « mission accomplie ».

40

Pourtant son statut de professionnel de la santé le rappela à l'ordre. Étant quelqu'un habitué à intervenir dans les dilemmes angoissants des gens, il se voyait incapable de jouer jusqu'au bout ce personnage emprunté. Toutefois, il savait sciemment qu'il ne verrait pas à nouveau ce jeune garçon. Il décida de jouer le tout pour le tout en lui donnant le conseil qui s'imposait.

— Il faut tenir ton bout, dit-il convaincu. Tu diras à ta mère que si elle ne consent pas à te laisser aller au cégep de ton choix, tu abandonnes les études... Je suis certain que ça va marcher...

Au même moment, ils aperçurent la mercédès de Madame à travers la baie vitrée. Yann s'empressa d'aller ouvrir la porte tout en faisant une dernière fois un signe au représentant qui voulait confirmer le silence demandé.

La dame se confondit en excuses auprès du représentant. Elle prétexta l'ajustement d'une robe qui avait pris plus de temps qu'espéré. La vente des encyclopédies tourna en queue de poisson. Comme il fallait monter un scénario tissé avec une logique acceptable aux yeux de l'adolescent, le faux représentant exigea de madame la signature d'un contrat pour l'achat de soixante-douze bouquins. Même Yann fut vexé et entra dans la discussion car le vendeur lui avait bien spécifié vingt-quatre volumes. L'homme se retira sans se montrer trop arrogant et prétendit que ce genre de quiproquo se produisait assez souvent dans son métier. Lorsqu'il disparut, la mère avait voulu savoir si une conversation quelconque s'était engagée entre le vendeur et son fils. Celui-ci répondit tout simplement.

—Oui! On a parlé d'encyclopédies.

La mère ne montra pas à son fils que cette réponse l'avait contrariée.

****

— Madame je n'ai pas une bonne nouvelle pour vous
— Vous n'avez pu rien tirer de lui n'est-ce pas?

— Je n'ai pas dit ça...

Le lendemain matin, comme entendu, la mère de Yann s'était précipitée chez le thérapeute. Elle n'avait pu trouver ce sommeil réparateur qui devait apaiser son anxiété. Si les deux avaient parlé d'encyclopédies, le faux vendeur s'était fait avoir par la loquacité de son fils. Le professionnel avait donc échoué. Elle échafaudait une fois de plus, dans sa tête, toutes sortes de scénarios pour empêcher son fils d'aller s'exiler dans ce cégep du nord de Montréal. C'était donc une dame à la mine déconfite qui s'amenait chez le praticien. Celui-ci remarqua l'état ravagé de sa cliente et commença à mesurer l'étendue des dégâts. À cause de cela, il voulait ménager la chèvre et le chou...

— Voyez-vous, ponctua-t-il avec précaution, ce jeune homme vit actuellement le drame de l'identification. Et...

— Ça veut dire quoi au juste. Vous lui avez parlé? Vous l'avez observé?

— Attendez, madame. Vous constituez pour ce garçon un corset qu'il commence à trouver trop étroit.

— Voulez-vous parler un langage clair s'il vous plaît?

— Madame, il faut que vous laissiez cet adolescent décider de certains angles de sa vie lui-même. Il veut aller se frotter avec une clientèle différente de celle qu'il côtoie actuellement pour se prouver à lui-même qu'il peut relever des défis.

— Vous appelez ce coup de tête un défi vous?

— Pour vous c'est un coup de tête. Pour lui c'est un défi. Il vous a toujours obéi à la baguette n'est-ce pas?

—Je n'ai jamais été un handicap dans sa vie au contraire...

—Justement, vous le maternez trop. Il a besoin actuellement de prendre un peu d'air. Vous l'étouffez madame...

La dame éclata en sanglots en entendant le verdict du professionnel à son endroit. Elle revit le jour où elle avait pointé son doigt sur ce petit garçon pour concrétiser son rêve prémonitoire. C'était comme si pour elle, ce geste posé avec un amour infini qui frisait même une vocation, venait de perdre son sens. Si en une heure ce monsieur avait pu remarquer que Yann n'était pas heureux, c'était qu'elle ne saisissait pas quelque chose de fondamental chez ce jeune homme. Elle ne comprenait pas pourquoi le thérapeute utilisait le mot « étouffer ». Celui-ci s'employa avec toute la dextérité de son art à lui définir le sens qu'il donnait à ce mot. Finalement après avoir acquitté la facture, la dame crut qu'elle devait se fier à l'opinion d'un spécialiste et laisser le jeune homme voler de ses propres ailes. Après tout, seul le bien de l'adolescent primait chez elle...

****

Ce fut une intégration plutôt difficile. En arrivant dans cet établissement postsecondaire Yann se trouvait complètement dépaysé comme tant d'autres. L'ambiance d'avec le secondaire changeait radicalement. Le cégépien devait savoir surtout gérer son temps. La détresse de Yann venait surtout du fait qu'il sortait d'un établissement où l'encadrement constituait l'image de marque de l'école. Il se voyait comme quelqu'un qu'on venait d'abandonner en pleine rue d'une grande ville. Aucun point de repère ne s'offrait à l'image qu'il se faisait d'un établissement d'éducation. Le choc le plus violent qu'il ressentit venait du fait qu'un nombre indéterminé d'étudiants se foutait des cours. On aurait dit que ce lieu constituait tout, excepté la recherche du savoir. Pendant une semaine, il n'avait pu se retrouver que seulement dans deux cours. Il se laissait aller au gré du temps en observant comme un automate la vie qui se déroulait autour de lui. Deux ou trois fois, il avait envie d'aller se confier à sa mère pour lui demander pardon. Chaque fois, il avait reculé, guidé par l'image saisissante qui l'attrapait. En effet, dès son arrivée à ce collège il avait remarqué le nombre impressionnant de Noirs qui semblaient former un groupe assez important. Il avait observé du coin de l'œil leur façon de se taper dans la main pour se reconnaître. Secrètement, ces démonstrations extérieures avaient produit un effet admiratif chez lui. Le mot « man » attira son attention. Pourquoi le disaient-ils tout le temps comme ça, alors qu'ils étaient des francophones? Mais ce qui l'avait vraiment ému c'était cette langue qu'ils parlaient entre eux. Bien entendu, il n'avait pas osé aller s'enquérir auprès de qui que ce soit. Il devina que ce devait être un patois propre à eux. Les expressions sonnaient tellement mélodieuses à ses oreilles qu'il s'était mis à suivre deux d'entre eux pour les entendre et essayer de saisir quelques bribes de conversation. Dans la foule des anonymes, il se rendit compte que les affinités se recherchaient. Il se mit à penser à la manière d'agir des animaux. Ce qu'il lisait et ce qu'il voyait dans des documentaires à la télé se concrétisèrent devant ses yeux. Cependant, il ne savait comment faire le premier pas pour se faire accepter dans le groupe d'Haïtiens. Il avait une peur bleue de se faire dire qu'il n'était pas des leurs. Le hasard pourtant allait précipiter les choses.

Après un mois où tant bien que mal il commençait à suivre ses cours régulièrement, il croisa dans un escalier un ancien de l'établissement privé qui avait abandonné cette école en quatrième secondaire. « Mais c'est cueu blanc », avait lancé l'autre d'une manière badine. Yann avait vacillé sur ses jambes. Il faillit s'écrouler. « Pourvu que ce plaisantin garde sa langue et ne divulgue pas cette histoire ici », pensa-t-il tout bas. C'était justement ne pas connaître ce jeune homme qui gardait encore sa mentalité de gamin mal léché. Il propagea ce qui constituait dans l'autre école la bizarrerie de Yann. Le bruit courait donc que ce beau Noir à l'allure athlétique cachait un phénomène absolument rare chez les hommes de couleur : il était doté d'un pénis blanc. L'incrédulité de tout le monde atténua l'impact de la nouvelle. Cependant des irréductibles groupés autour du porteur de cette nouvelle ne lâchèrent pas leur proie. Dans la plupart des toilettes, on pouvait voir la caricature d'un Noir armé d'un « zizi blanc ». La plaisanterie ne plut pas à l'un des meneurs du groupe haïtien. Voulant pourtant avoir le cœur net avant de passer à l'action, il convoqua le suspect dans une toilette pour le lendemain. Yann ne dormit pas cette nuit-là. Il voulait aller tout raconter à sa mère et prier cette dernière d'aller mener des démarches auprès du collège privé où son inscription avait été faite, une fois de plus il recula. Il n'était pas décidé à comparaître comme un bandit devant qui que ce soit. Cet établissement était régi par des autorités. Il irait dénoncer le délinquant qui s'était permis de le convoquer. Résolution prise, il put trouver un peu de sommeil.

— Que fais-tu là, lui demanda une dame qui semblait travailler dans un bureau quelconque.

— Je veux dénoncer quelque chose mais je ne sais pas à qui m'adresser. Pouvez-vous m'aider?

— Ici, mon gars, personne ne dénonce personne. Si tu veux ton respect, renonce à cette idée. Règle ton problème toi-même.

Décontenancé, Yann fit demi-tour pour s'engouffrer dans un corridor afin d'accéder à un escalier. Il fut poussé brutalement dans une toilette. Trois gars les bras croisés sur leur poitrine le regardèrent d'un air sévère.

— « Pa jan'm fè bagay con sa », (Ne pose jamais un tel acte,) dit celui qui se tenait au milieu.

Yann se trouvait encore plus perdu. Il éclata en sanglots. Il voulut crier au secours mais le gaillard qui l'avait poussé lui plaqua la main sur la bouche.

— Descends ton pantalon, reprit celui qui semblait être le leader.

Le jeune homme tremblait de tous ses membres. Le gaillard, avec l'aide d'un autre, exécuta l'ordre du chef. En moins de temps pour le dire le pénis de Yann fut exhibé à son examen.

— Très bien, dit-il. Maintenant remonte ton pantalon. Avant de faire taire ce bobard, il fallait bien que je sois rassuré. Je m'excuse d'avoir employé la manière forte. Tu n'avais pas à aller essayer de dénoncer personne. Ici ça ne se fait pas. On peut le payer cher. On a pris en considération ton statut de novice dans la bâtisse. Moi, c'est Antonio. Tout le monde m'appelle TOYO. Tu peux m'appeler comme ça aussi. On va sortir d'ici et j'aurai à te parler. La volvo bleue c'est à toi, hein?

— Ouais!

C'était tout ce que Yann pouvait dire. Il venait d'être initié d'une drôle de manière à cette meute qui le narguait involontairement. Il fut pris d'une crainte qui commençait à lui chatouiller les tripes. Pourquoi ce TOYO avait-il fait allusion à sa voiture? Il va me parler de quoi, pensa-t-il? Je ne me prêterai jamais au trafic de la drogue. S'il pense pouvoir se servir de ma voiture pour organiser de mauvais coups, il se trompe grandement. Cette fois-ci je le dénoncerai. Je n'hésiterai pas à me rendre à un poste de police pour dire aux policiers ce que je sais...

Le jeune homme, ce jour-là, fit le trajet de l'école à sa demeure dans un état semi-conscient. Les idées se bousculaient tellement dans sa tête qu'il choisit d'aller s'étendre sur son lit une fois arrivé à la maison. La mère ne manqua pas de remarquer le trouble de Yann. Elle se précipita dans sa chambre pour savoir ce qui se passait. Mais le garçon mit son état sur le compte de la fatigue provoquée par l'adaptation à son nouveau milieu. Timidement, la mère essaya d'amener le jeune homme à reconsidérer sa décision. Elle profita de ce moment de désarroi chez son fils pour jouer la corde sensible du sentimentalisme qui avait toujours réussi à lui faire gagner son point à tout coup. Le jeune homme comprit que sa mère pouvait facilement le faire intégrer dans ce collège privé car les accointances de celle-ci avec la haute direction ne se démentaient pas. Il fit des efforts surhumains pour ne pas céder.

Après la démonstration du fameux TOYO, il ne savait plus pourquoi il voulait rester à cet endroit. Son drame? Ne pas pouvoir se confier à sa mère. Ses angoisses? Ne pas pouvoir s'ouvrir à ses frères et sœurs. Personne de son entourage ne se trouverait en mesure de lui expliquer la raison profonde qui l'incitait à vouloir demeurer avec ce genre de monde qu'il n'avait jamais fréquenté. D'ailleurs, il n'osait même pas demander à sa mère d'où elle était allée le chercher. Cette dernière avait soutenu une seule fois devant des gens que Yann avait pris naissance ici. Elle ne mentionnait jamais les parents du jeune homme. C'était comme si ce dernier avait été conçu dans une éprouvette sans l'apport d'êtres humains. Cette idée effleura même l'esprit du jeune garçon. Après tout, avec les expériences poussées en laboratoire, il pouvait être le résultat d'un croisement de sperme venu d'ici et là et n'appartenant à personne en particulier. Pourquoi sa mère lui répétait, quand il était enfant, qu'il avait le cœur blanc? Donc, il ne cessait de se poser toutes sortes de questions qui ne trouvaient aucune réponse satisfaisante. C'était dans cet état d'esprit que Yann se présenta devant celui qui semblait être l'adjoint de TOYO.

— Je veux voir TOYO, dit-il timidement.

Le gaillard, assis dans un fauteuil qui semblait être le siège de TOYO, toisa le jeune garçon. Celui-ci ne comprenait pas encore pourquoi ce TOYO, étudiant comme tout le monde, s'était vu octroyer un petit bureau à cet établissement scolaire. Il comprit qu'il avait beaucoup de choses à apprendre. Voyant que le gaillard replongeait sa tête dans ce qui semblait être un fascicule de bandes dessinées, Yann reprit sa question.

— Je veux voir TOYO s'il vous plaît?

Le gaillard ricana.

— Monsieur se permet de vouvoyer le monde. D'où sors-tu espèce de...

Sur ces entrefaites un autre bonhomme s'amena. Il adressa un signe distinctif que Yann avait déjà remarqué chez ce groupe. Le gaillard le prit à témoin.

— Individu saa ap di mounn « vous » isi ya. kote m'sieu sòti? Sak pi grav, li vle wè TOYO. (Cet individu prétend vouvoyer les gens. D'où sort-il ? Le plus grave, il veut rencontrer TOYO !)

L'autre bonhomme éclata d'un rire sonore. Même trivial.

Il regarda Yann à son tour.

— Yo mande ou kote ou sòti papa? (On te demande d'où tu sors mon petit père ?)

— Je... Je... Je ne comprends pas... avança Yann timidement.

Le gaillard bondit. Comme une bête, il se mit à tourner en rond dans la petite pièce devenue brusquement trop exiguë.

— Alò, nèg pa pale kreyol? Bout kaka chèch. Nèg se blan. Men you lòt nèg ki pa konprann kreyol. Sa yo pale lakay ou? Di m' sa yo pale lakay ou? (Ainsi le monsieur ne parle pas créole ? Foutaises ! Tas d'excréments! Tu te crois Blanc ? Voici un autre Haïtien qui ne sait pas s'exprimer en créole. Quelle langue parle-t-on chez toi ? Dis-le donc, que parle-t-on chez toi ?)

Yann de plus en plus embarrassé voulut sortir de la pièce. Mais l'autre bonhomme s'était déjà mis en travers de la porte. Yann ne faisait pas le poids devant les deux gars d'autant plus que celui qui semblait être l'adjoint de TOYO mesurait six pieds et présentait une carrure athlétique qui mettait ses muscles en évidence. Il baragouina en tremblant...

— Je... ne comprends pas vraiment le créole. Chez moi on n'en a jamais parlé pour la bonne et simple raison que mes parents ne savent pas parler ce patois...

— Ce patois? Cria le gaillard. Tu appelles notre langue maternelle un patois? Tu es un trou de cul. Tes parents sont des arrivistes qui jouent au snobisme. On va te foutre dehors ici. Tu entends, lèche-cul. Toute la « gang » va savoir que tu ne comprends pas le créole. On va te faire avaler tes dollars morceau par morceau...

Yann pleura franchement cette fois-ci. Il commença juste à comprendre sa situation. Définitivement, il ne pourrait jamais faire partie de la « gang ». Il comprit pourquoi sa mère ne voulut jamais lui dire dans quel pays elle était allée le chercher.

Il pensa que tout ce monde était des sauvages comme certains le prétendaient. L'autre bonhomme se rapprocha de lui et d'un air moins menaçant que le gaillard...

— Pourquoi chez toi, tes parents n'ont jamais parlé créole. Ça m'intrigue moi?

— Parce que je suis un enfant adopté. Je ne connais pas mes parents biologiques. Mes parents adoptifs ne savent pas parler créole. Je ne sais pas d'où je viens...

C'était comme si Yann venait de verser sur la tête de ses deux interlocuteurs un gallon d'eau froide. Le gaillard tellement arrogant avec le jeune homme eut de la difficulté à cacher sa gêne. Il baissa la tête et la tenait entre ses deux mains comme pour la soutenir. Quant à l'autre, il alla se blottir dans un coin et ne dit rien. Yann comprit qu'il venait de frapper un grand coup. Il fut étonné en même temps de l'attitude de ces deux gars-là. Il croyait vraiment avoir affaire à des durs à cuire et voilà qu'une simple explication de sa situation semblait ébranler ces messieurs. Ne voulant pas verser de l'huile sur le feu, il tourna les talons et poussa la porte mais le gaillard l'appela.

— Écoute, dit-il de plus en plus embarrassé, je... je ne voulais pas t'humilier... je vais te faire voir TOYO.

Il poussa une petite porte que des affiches dissimulaient. Il précéda le jeune homme et celui-ci se trouva face à face avec le fameux TOYO. Sur un signe du doigt, celui qui semblait jouer le rôle d'adjoint s'éclipsa. TOYO désigna une chaise au nouveau venu qui admirait les « posters » multicolores qui ornaient le bureau. Yann se demanda en lui-même s'il ne rêvait pas puisque TOYO laissait l'impression d'un fonctionnaire de l'établissement et non d'un étudiant. D'une voix doucereuse et d'un air calme, celui qui prenait place derrière le bureau entama la conversation.

— Assieds-toi, Yann. J'ai tout entendu. Ce n'est pas de l'espionnage. On n'a pas fait exprès. Quand on a hérité de ce coin « l'intercom » était déjà installé. Il ne faut pas juger ces deux gars-là. Tu sais on n'est pas des bandits. Tu auras le temps de comprendre pourquoi nous avons l'air plutôt sauvage. Je sais d'où tu viens...

Le jeune homme se mit debout et pointa son index vers

TOYO.

— Vous n'avez pas le...

— « Tu » s'il te plaît... interrompit son interlocuteur.

Yann sembla désarçonné par cette interruption. Il se rassit.

— Tu n'as pas le droit de jouer avec une phase aussi importante de mon existence. Tu ne connais pas ma mère. Elle n'a jamais dit à personne d'où elle était allée me chercher.

— Je le sais je te dis, reprit TOYO, je n'ai jamais vu ta mère, il est vrai. Je t'ai suivi toi. Depuis le jour où tu t'es pointé à cet établissement dans ta volvo bleue de l'année, tu as éveillé ma curiosité. Alors, non seulement j'ai épié personnellement tes moindres faits et gestes mais j'ai mis du monde sur ton cas. En somme, j'ai compris immédiatement que tu sois venu ici à la recherche de quelque chose de fondamental pour toi. J'ai vite remarqué que tu ne comprenais pas le créole. J'ai compris également que tu ne fouinais pas avec notre monde. Je savais que tu allais chercher à me voir. C'est pourquoi j'ai monté ce petit scénario avec l'aide de Sonson.

— Sonson, fit le jeune homme étonné...

— C'est le gaillard de six pieds. Il est aussi inoffensif qu'une jeune nonne. Son nom ne doit pas t'intéresser. Nous autres les Haïtiens, nous donnons toujours un nom fictif appelé « ti nom » à chaque personne... et fort souvent nous l'accompagnons de « ti ». Toutefois ce serait drôle d'appeler ce gaillard « Ti Sonson ».

Yann sourit. Il commença à trouver TOYO sympathique...

— Es-tu Haïtien, toi?

— Je ne suis pas né au Québec mais c'est tout comme...

— J'comprends pas!

— T'auras le temps de comprendre mon gars. Chaque chose en son temps, hein.

— Cela n'explique pas pour autant que tu saches d'où je viens?

— Si, je le sais! Tu viens d'Haïti. Moi, par exemple, je viens d'Haïti! Je ne connais pas ce pays! Ça te paraît compliqué.

Si t'avais aucun problème d'identité tu aurais choisi ton collège privé.

— Comment sais-tu ça TOYO?

— Je te dis que je sais tout.

Le jeune homme devenait de plus en plus perplexe. Il ne comprenait vraiment pas d'où son interlocuteur avait pu s'informer pour le collège privé. L'ancien de son école qu'il avait rencontré dans l'escalier l'autre après-midi n'était pas au courant d'une telle chose car ce dernier avait laissé l'établissement en quatrième secondaire. Yann commença à comprendre qu'il venait de se joindre à un groupe qui brassait des affaires peu recommandables malgré les bons mots de ce TOYO. Il pensa qu'il en avait appris assez pour le présent quart d'heure. Il pria son interlocuteur de le laisser partir car il ne voudrait pas manquer son cours de chimie. Celui-ci ne fit aucune objection. Au contraire, il encouragea le jeune homme à continuer dans la voie de l'étude qui semblait être son fort. En longeant le corridor qui menait au laboratoire de chimie, Yann ne put s'empêcher de statuer intérieurement sur ce drôle de bonhomme. Voilà quelqu'un qui donnait l'impression de ne jamais fréquenter une salle de classe et qui l'encourageait à persévérer dans la voie des études...

****

La mère de Yann donnerait tout l'or du monde à quiconque était en mesure de lui expliquer le changement qui s'opérait chez son grand fils adoptif. Certes, le jeune homme qui venait de doubler le cap de ses dix-sept ans, présentait l'allure d'un bel homme. Le corps bien proportionné, le visage régulier, la peau d'un noir velouté, des dents blanches à souhait et régulièrement distribuées, il était capable de faire chavirer la tête à n'importe quelle fille qui l'abordait. Pour remporter la palme dans un concours de beauté masculine, il aurait pu être un peu plus élancé. Toutefois, ce n'était pas la beauté physique du jeune homme qui intriguait sa mère. La même grâce du petit garçon d'autrefois donnait au jeune homme ce charme irrésistible. La mère avait toujours soupçonné que Yann deviendrait un charmeur pour ne pas dire un séducteur. Il y avait autre chose qui chatouillait la belle dame quand elle jetait des regards furtifs à son enfant. Une agitation de premier plan semblait s'échafauder à l'intérieur de celui-ci. Malgré les approches de toutes sortes qu'elle avait essayées pour gratter le vernis qui couvrait cette attitude, c'était la fermeture complète. Elle s'était ouverte à son mari. Celui-ci comme d'habitude trouvait que sa femme exagérait car dès qu'il s'agissait de Yann le mari enfilait un gant blanc pour ne pas discuter à n'en plus finir avec sa femme. La paix avait pu bien s'installer par cette sorte d'entente mutuelle entre les deux et les autres enfants. Tout le monde s'était rendu à l'évidence que pour la sérénité de la vie quotidienne de la maison, on laissait toute l'initiative à la mère de Yann. Chacun gardait pour ainsi dire son patrimoine et ses opinions en même temps. Ainsi, lorsqu'il s'était agi pour Yann de se rendre à ce collège du nord de la ville de Montréal, la mère avait décidé que la troisième voiture ferait la besogne sans tenir compte des doléances des autres. Pourtant la guerre ne prit pas dans la demeure puisque le jeune homme cultivait ce qu'on pouvait appeler l'entregent. Il était difficile de le rendre responsable de la sollicitude démesurée de sa mère. Celle-ci, satisfaite de cette décision, cachait pourtant mal ce malaise qui la hantait. Elle appréhendait que le jeune garçon échappât à son emprise au fur et à mesure que les jours s'égrenaient. Elle commença à devenir de plus en plus irritable avec son entourage. Ses relations avec son mari commencèrent à ressentir le contrecoup de cette irritation latente. Celui-ci avait beau expliquer à sa femme que Yann ne grandissait pas seulement physiquement, rien n'y fit. L'atmosphère de sérénité habituelle de la maison en prit pour son rhume quand Benoît remarqua que sa mère n'avait pas les mêmes critères d'exigence pour lui. Loin de considérer que toute l'autonomie qu'on lui laissait constituait un facteur positif pour lui, Benoît s'offusqua comme si c'était lui l'adopté.

La mère vivait un état dépressif continuel avec des hauts et des bas. Elle décida d'aller consulter une fois de plus le thérapeute qui avait si bien servi sa cause. Celui-ci ne ménagea pas sa cliente.

— Yann subit un phénomène de transfert madame, lui avait-il dit tout de go.

Elle se fit expliquer ce phénomène psychologique. Quand elle sortit de la clinique du professionnel de la santé sa décision était prise. Puisqu'elle ne pouvait aller à ce cégep constater de visu les éléments qui exerçaient cette influence indue sur son fils, elle allait embaucher un détective privé. Le fond de l'affaire, elle allait mettre le doigt là-dessus. Elle se précipita fébrilement sur l'annuaire « les pages jaunes » qui se trouvait sur une petite table. Elle tourna avec nervosité les pages de la rubrique : détective privé. Elle porta son choix sur une agence qui semblait l'attirer d'instinct. Quinze minutes plus tard, le gars qui se présentait, affectait l'air d'un vrai cégépien. Il expliqua à madame que, dans la boîte, il était celui qui jouait ce rôle. Malgré ces vingt-cinq ans, il conservait l'allure d'une éternelle adolescence. En deux mots la mère de Yann expliqua à l'agent ce qu'elle attendait de lui. Le changement d'attitude de son fils devait être tiré au clair. Le jeune agent grimaça un sourire d'étonnement quand il constata que le fils en question était un jeune homme de couleur. Toutefois, madame se contenta de remettre à ce dernier la photo et ne lui donna aucune explication supplémentaire.

— Je veux croire qu'il n'y a pas quarante Yann dans cet établissement, se contenta-t-elle de dire avec agacement.

Le jeune agent comprit qu'il ne devait pas insister et tourna les talons tout en promettant un résultat dans le plus bref délai...

****

Yann n'avait plus besoin de prendre rendez-vous pour pénétrer dans le bureau réservé à TOYO. Le jeune homme éprouva pour ce dernier une sympathie non dissimulée. Ce que Yann avait admiré chez ce bonhomme était qu'il lui laissait son libre choix et ne s'interposait jamais dans son cheminement académique. Il se posait à lui-même la question pourquoi ce gars-là se trouvait-il ici? Il lui avait avoué qu'il ne fréquentait pas ses cours. Au juste, s'y était-il inscrit rien que pour être reconnu comme étudiant à plein temps et bénéficier d'un prêt étudiant? Il n'osait pas s'introduire dans un monde qu'il ne maîtrisait pas encore. Il constatait tout simplement qu'une catégorie d'étudiants formaient une pléthore de « drop in ». Tout le monde semblait s'accoutumer à ce genre de choses .Comme nouveau venu dans la boîte, il n'avait qu'à se conformer au fait accompli pourvu que personne ne l' empêchât de mener ses études à bon port.

Ce matin-là cependant, ce fut TOYO qui lui demanda de passer le voir. En s'introduisant dans le petit bureau, il trouva ce dernier à sa place habituelle. Il remarqua que le leader traînait constamment des bouquins écrits par des auteurs noirs. Yann se rendit compte qu'il n'avait jamais entendu parler de ces écrivains. Les photos lui indiquaient que ces livres étaient les œuvres d'auteurs noirs. TOYO lui dédia un franc et engageant sourire. Sans perdre de temps, il passa dans le vif du sujet.

— Raconte-moi, dit-il, le fond de cette histoire de « cueu » blanc?

Yann pris au dépourvu se montra gêné. Il ne voulait plus soulever cette affaire. Il préférait que la poussière recouvrît tout ça. Il craignait le jugement de TOYO car il avait perçu chez ce dernier un sens de l'équilibre des choses qui l'émerveillait.

Alors que ce garçon donnait extérieurement l'allure d'un parfait farfelu par sa manière d'aborder n'importe quel sujet, il découvrait un être riche en expérience humaine. Le regard de son interlocuteur brisa sa réticence.

— C'est une vieille histoire, marmonna-t-il timidement. C'est une histoire d'enfance.

— C'est justement les histoires d'enfance qui donnent tout le sel à la vie et rend celle-ci ridicule ou tragique.

Une fois de plus Yann était désarçonné par la logique de son interlocuteur.

— Quand j'ai commencé à aller à la petite école, reprit-il, mes camarades me taquinaient en disant que j'étais Noir. Alors, je pleurais sans arrêt...

— Pourquoi pleurais-tu sans arrêt?

— Parce que je n'étais pas comme les autres. Je me trouvais étrange... Quand j'arrivais à la maison en pleurant et que je racontais à ma mère mes chagrins, elle me disait qu'on m'avait oublié dans le four... mais que j'avais le cœur blanc. Tu comprends, j'étais ravi de pouvoir dire aux autres que j'avais quelque chose qu'eux ne possédaient pas...

Arriva un autre gars. Yann se tut automatiquement. TOYO lui fit comprendre qu'il pouvait continuer à parler car les gens qui rentraient aussi facilement dans ce bureau faisaient partie de la grande famille. Le mot fraternité ici prenait son sens véritable.

— Présente-toi, « Ti ba »... dit le chef d'une voix monocorde.

— Jean-Baptiste, ponctua l'arrivant en allongeant sa main droite. Tu peux m'appeler « Ti ba ».

Yann remarqua une fois de plus que le « ti nom » était une réalité chez ces gens. Il aurait voulu dire Yann... tu peux m'appeler... Il mesura la distance qui le séparait des autres.

— Yann, dit-il un peu penaud...

TOYO reprit la conversation là où on l'avait laissée...

— Alors tu as continué à répéter « moi, j'ai le cœur blanc » durant toutes tes années du primaire...

— Il y a mieux! Jusqu'en troisième secondaire je le disais encore... Chaque fois que les gars me traitaient de « négro » ou autre mot de même, je leur plaquais ça à la figure. Et c'est de là qu'un groupe m'appela « cœur blanc » qui devint « cueu blanc » à force d'être répété par tout le monde sans discernement...

TOYO ne put s'empêcher de rire malgré le respect qu'il vouait à ce garçon. Il se rappela sûrement la scène où celui-ci avait dû exhiber son « zizi » pour examen.

— C'est donc ça l'origine de cette histoire à savoir que tu étais un gars exceptionnel affublé d'un pénis blanc?

Yann baissa pudiquement les yeux pour attester le fait. « Ti ba » en profita pour jeter son grain de sel dans la soupe.

— Pourquoi ne profites-tu pas de cette farce bizarre pour attirer les filles et coucher avec elles les unes après les autres? Tu serais le champion des champions... Tu pourrais en profiter pour vanter la longueur et la grosseur de ton appareil. Est-il gros ton appareil? Montre-le moi?

Yann se sentait assis sur des charbons ardents. Il frotta ses mains les unes contre les autres. TOYO dut intervenir...

— C'est pas ton problème, « Ti ba ». Laisse-le tranquille. Ça ne se fera pas. Par ailleurs, je ne me tromperai pas si je dis que notre ami est encore vierge. Il n'a jamais couché avec une fille n'est-ce pas?

L'adolescent baissa une fois de plus les yeux. Il était vraiment pudique. À la maison, le sexe ne constituait pas le sujet de conversation préféré de personne. Certes, il avait suivi des cours en formation personnelle et sociale où un volet éducation à la sexualité y était intégré. Il écoutait les données avec intérêt. Il échangeait avec des copains leurs savoirs en la matière. Certains l'incitaient à regarder des films pornos à la télé. Toutefois, il hésitait assez souvent entre la curiosité provoquée chez lui par ces films et les conseils du prof qui mettait tout le monde en garde contre un comportement sexuel basé sur la pornographie. De son côté, sa mère vivait un puritanisme d'une autre époque et inculquait à ses enfants une crainte insensée contre tout ce qui était chose sexuelle. Par conséquent, le jeune garçon ne pouvait pas livrer ses rêves érotiques à personne de la maison. Quand, la nuit, il se réveillait en érection ou qu'il venait juste d'éjaculer dans son rêve, il paniquait intérieurement. Il se sentait ballotter entre l'envie d'essayer ça et la réticence de passer aux actes car la peur d'attraper une maladie transmise sexuellement le hantait. Avec le phénomène du V.I.H. sa mère avait trouvé son cheval de bataille pour annihiler toute pulsion sexuelle chez ce fils estimé. Voyant que le jeune homme se dépêtrait dans une gêne insupportable, le fameux Jean-Baptiste opina.

— TOYO mon chè ou pa wè ke nèg la se masisi? (Mon cher TOYO, ne vois-tu pas que ce gars est un homosexuel ?)

Il avait émis son opinion en créole sachant que Yann ne l'aurait pas compris. Celui-ci le regarda. Il s'était déjà fait expliquer la signification du mot « masisi » alors qu'un autre gars lui avait lancé cette épithète.

— Je ne suis pas gay, dit-il d'une manière dédaigneuse.

— Tu vois, reprit TOYO s'adressant à « ti ba » il faut toujours se méfier quand on parle. Tu ne savais pas qu'au moins notre ami connaissait le mot « masisi »...

Se tournant vers Yann, il poursuivit...

— Pourquoi as-tu dit que tu n'étais pas gay avec dédain?

— Parce que ma mère m'a toujours dit que c'étaient des malades...

— Toi, tu as beaucoup de choses à apprendre. Tu dois commencer par penser par toi-même et non par l'entremise de ta mère. Moi, vois-tu, je me mêle pas de l'orientation sexuelle des gens. J'essaie de m'entendre avec tout le monde.

— Même avec les gays, sursauta Yann étonné?

TOYO sourit et secoua sa tête comme pour ramener son interlocuteur sur terre.

— Je ne devrais pas être aussi ouvert, dit-il pensif. Cependant j'ai choisi de l'être. Tu sais, dans notre communauté, l'homosexualité est taboue. Personne ne veut en parler ouvertement. Tu ne vas pas voir une personnalité quelconque ou un leader se déclarer gay, même s'il l'est. Moi, je ne sais pas pourquoi une personne a une orientation sexuelle différente de la majorité. Je respecte son choix. Voilà tout. Avec de telles attitudes, tu évites des complications et des discussions avec tout le monde. Avec ton allure sexiste, tu pourrais jouer facilement le rôle d'un macho.

—Même si j'ai quelques aptitudes pour le théâtre, je n'en fais pas.

Toyo sourit.

—Non! Dans la vraie vie. Es-tu macho?

Jean-Baptiste intervint promptement...

— S'il ne sait même pas comment se tenir pour fourrer une fille, il est loin d'être macho...

TOYO n'appréciait guère les interventions impromptues de « ti ba ». Il avait compris que pour initier ce jeune homme à certaines réalités de la vie, il fallait le tenir avec précaution comme s'il s'agissait d'une fleur dont les pétales pouvaient se décolorer sous un soleil ardent. C'était donc en riant qu'il reprenait la question...

— Es-tu macho, Yann?

— C'est pas bon d'être macho. Les hommes doivent respect aux femmes.

Jean-Baptiste jeta un regard interrogateur vers TOYO comme pour lui demander d'où sortait ce joyeux luron. Celui-ci secoua pensivement la tête...

— Le mot macho n'est pas pris chez nous comme tu l'entends ici. Nous adorons les femmes. Toutefois, nous aimons faire le coq avec elles.

— Le coq?

Yann paraissait intrigué. Chaque fois qu'il mettait son pied en avant pour enjamber un petit pont, qui pour lui, constituait un obstacle à son rapprochement avec le groupe d'Haïtiens, il se sentait comme sur du sable mouvant.

— On dit ici « chanter la pomme ». Nous sommes des chanteurs de pomme qui inventons la lune pour l'offrir aux femmes.

— C'est tellement poétique ton affaire!... Toutefois, je persiste à croire que le « macho » a un mépris pour la femme. Sur ce point, je suis bien d'accord avec ma mère.

Toyo réagit vivement.

— Je t'ai déjà dit que tu dois t'efforcer de penser par toi-même. Tout préjugé est difficile à faire disparaître. Dans tout groupement, il y a des gens peu recommandables. C'est une aberration de porter un jugement de valeur sur une communauté par rapport aux actes incorrects posés par quelques-uns de ses membres...

TOYO fit signe à « ti ba » de s'asseoir car il se mettait à singer l'allure d'un coq de basse-cour en tournoyant sur lui même dans un gloussement répétitif. Il regarda fixement Yann.

— Tu n'as pas encore répondu à la question de TOYO. Es-tu vierge? As-tu déjà trempé ta plume...

— Veux-tu te taire, vociféra TOYO à l'endroit de « ti ba ».

Celui-ci va pouffer de rire dans un coin du bureau. Yann trouvant que la séance avait trop duré prétexta un cours pour s'en éloigner...

— Tu seras initié bientôt... lui lança TOYO alors qu'il allait franchir la porte du bureau. J'ai la fille qu'il te faut.

Yann se mit à courir dans le couloir comme si on lançait un policier à ses trousses.

****

— Ça n'a aucun bon sens que tu trembles ainsi, mon pitou!

Bien sûr, Yann n'était plus la même personne. Il échappait de plus en plus à la vigilance de sa mère. Celle-ci sombrait dans une hystérie à propos de tout et de rien. Le jeune détective qui lui avait promis des résultats mirobolants en peu de temps se perdit en des explications inextricables pour se justifier de la lenteur de sa réalisation. Certes, il avait trouvé la cause du changement d'attitude du jeune garçon. À part le fait que ce dernier s'était inséré dans un groupe de Noirs du collège, le jeune limier n'apporta rien de concret susceptible d'apaiser l'angoisse de sa cliente. Il ne pouvait même pas attester d'une façon certaine la provenance ethnique de ces jeunes Noirs. L'état de tension nerveuse qui habitait sa cliente découlait justement de ce point. Pour aucune raison, elle ne voyait d'un bon œil son fils s'agglutiner avec de jeunes Haïtiens. N'était-ce pas la promesse qu'elle avait faite à ce petit être qu'elle tenait sur ses genoux dans l'avion? Elle l'avait bichonné en le couvrant de caresses à l'instar de ses amours, de ses forêts intérieures, de son Dieu même. Elle l'avait immunisé contre le virus de la misère tant sur le plan physique que moral. Elle jurait de lui offrir cette vie idéale à tous points de vue. Elle caressait le rêve de l'éloigner de la bête. De faire de lui, celui qui n'a ni forme, ni couleur. Elle savait qu'habitant la banlieue son fils n'aurait pas à patauger dans l'ambiance de cette communauté pour laquelle elle ne nourrissait cependant aucun préjugé particulier. Elle était, toutefois, décidée de faire de son petit chouchou autre chose qu'un avorton d'Haïtien. Elle avait toujours caressé l'idée que si l'enfant devait se détacher du pays physique, il devrait l'être aussi par la manière de comprendre les choses de la vie. Sa grande déception venait du fait que son enfant s'était décidé à aller fouiner du côté de ces gens avec qui il n'avait rien de commun, sauf la couleur de la peau. Elle se demandait à elle-même c'était quoi l'élément qui avait échappé à son analyse. Pour toute personne qui a connu ces instants privilégiés où soudain luit une révélation, ces moments d'incertitude constitue une tragédie incommensurable. Elle constatait, impuissante, et, jour après jour, la mutation qui s'opérait chez Yann. Elle était consciente que, physiquement, le jeune homme devait subir ce changement. C'était le côté psychologique ou moral qui l'inquiétait. Certes, son fils gardait encore ce charme qui l'avait toujours caractérisé. Toutefois, cette retenue dans la façon de se conduire qui dénotait les bonnes manières d'un fils de famille, s'effritait à vue d'œil selon la mère. Elle était même allée un jour fureter du côté du cégep rien que pour essayer de parler à ce TOYO dont le jeune détective lui en avait fait mention. Elle pensa secrètement que celui-ci aurait pu accepter un marché avec elle. Par exemple laisser Yann tranquille contre rémunération. Ou bien acheter la conscience de TOYO pour que ce dernier agisse suivant les valeurs de madame. Sa mission fut un échec car ce TOYO semblait être un insaisissable. De peur de se faire découvrir par Yann, elle avait laissé les lieux encore plus frustrée.

Yann, de son côté, se sentait pris dans un étau. Il aurait bien aimé s'ouvrir à sa mère pour vider toute cette marée boueuse signe d'une révolution souterraine, mugissante, bruissant de forces incontrôlables qui s'entrechoquaient dans son for intérieur. Pourtant, il était tellement en admiration devant son ami TOYO qu'il considérerait comme une trahison de tels agissements. Depuis le jour où son grand ami lui avait dit qu'il serait initié à la chose sexuelle, il ne pouvait plus trouver un sommeil apaisant. De temps en temps, il se surprenait en érection sans raison aucune. Il brûlait du désir de demander à sa mère si c'était le signe que l'esprit malin, comme disait sa mère, s'était emparé de son pénis. Il fit des rêves de plus en plus érotiques. Chaque fois, pourtant, il constata son échec dans ses nuits de débauche car l'érection ne venait pas. Ce combat entre la réalité et les rêves bouleversa l'esprit du jeune garçon au point qu'il se montra taciturne avec tout le monde. D'abord, avec lui-même. Bénéficiaire d'un héritage chrétien depuis sa tendre enfance, il se mettait à inventorier ses expériences humaines, déceler leurs valeurs et leurs faiblesses, dégager les aspirations plus ou moins formulées et les confronter avec les données de l'héritage reçu. Toutefois, il entendit résonner dans son tympan la formulation de Saint-AUGUSTIN à l'effet que l'acte sexuel a besoin d'excuse ou de compensation. Le mot « plaisir de la chair » tinta non pas dans son oreille mais dans son subconscient. Quelle excuse allait-il présenter à TOYO pour se dérober de cette corvée? Si la chose arrivait comme ce dernier l'avait prévue, il offrirait quoi comme compensation? Et surtout à qui?

Le grand jour arriva. Il ne pouvait plus reculer, car il avait renvoyé la chose trois fois déjà au point que TOYO se montra sous un jour que le jeune homme ne soupçonnait pas. Devant une telle attitude, il dut s'exécuter. Laissant sa voiture au cégep, il avait hélé un taxi pour le conduire au lieu-dit. Arrivé devant l'immeuble à appartements, il regarda une nouvelle fois l'appartement 15 indiqué sur la feuille que « ti ba » lui avait remise. Il voulut faire demi-tour mais il savait que TOYO et peut-être « ti ba » se trouvaient tout près. Il sonna. Une voix câline et en même temps cristalline s'enquit de celui qui voulait s'y introduire. D'un ton voilé et mal assuré, il s'identifia. Après avoir tiré la porte d'entrée au son du timbre, il grimpa timidement l'escalier pour se retrouver devant l'appartement 15. Le cœur du jeune garçon se mit à battre à tout rompre. Il posa son pouce droit sur son avant bras près de sa main gauche pour vérifier si avec un tel affolement cardiaque, il n'allait pas bientôt tomber en syncope.

Quand Linda fit son apparition sur le devant de la porte car elle avait vu dans le judas ce beau Noir timidement charmant, elle reconnut aussitôt le type décrit par TOYO. Elle savait qu'elle aurait toute une besogne à abattre car il s'agissait de dépuceler ce grand jeune homme étriqué dans son innocence puritaine. TOYO l' avait soumis a un « brain storming » à l'instar du soldat qui devait partir pour une région inconnue. Elle devait surtout convaincre le grand timide de poser le premier geste. Elle ne sera pas brusque avec lui. Elle devait prendre le temps qu'il fallait car elle savait que dans ce domaine la personne qui contrôlait le temps dominait la situation. Elle plongea sur Yann un regard à la fois limpide, pénétrant, scrutateur.

Celui-ci se mit carrément à trembler de tous ses membres. Et quand elle prononça d'une voix affectueuse...

— Ça n'a aucun bon sens que tu trembles ainsi, mon pitou.

Le jeune homme ferma les deux yeux. Elle profita de ce moment d'abandon pour l'entraîner doucement dans la pièce. Elle s'assit en face de lui en montrant les galbes de ses jambes. Vêtue très légèrement, elle avait enfilé un déshabillé jaune citron. Trop de coquetterie lui avait paru superflu. Elle offrit pour ainsi dire, au jeune timide, deux seins bombés à souhait que cachait à peine un soutien-gorge transparent. On y voyait distinctement les deux tétons pointés comme un défi lancé à quiconque pénétrerait dans cette pièce. La courbe régulière de ses sourcils au-dessus des paupières agrandissait ses yeux en amande qui lançaient des flammèches de sensualité. Une musique ensorcelante jouait en sourdine et l'odeur d'un parfum enivrant envahissait l'appartement. La jeune femme laissa tomber sur son dos son abondante chevelure ce qui lui donna à la fois l'air d'une madone et d'une tigresse. Avec ses doigts agiles et tendres en même temps, elle commença par passer sa main sur le sexe de Yann et constata que son pénis était déjà gonflé à bloc. Elle sourit en prenant la dimension potentielle de cet instrument calibré à plus haut que la moyenne.

— Oh! susurra-t-elle, le créateur ne t'a pas raté! Quel objet?

Le jeune homme ne pouvait plus prononcer un mot. Il se contenta de fermer ses yeux mais serra ses jambes de plus en plus fort.

— Ne crains rien, lui murmura la jeune femme. Je ne suis pas une prostituée. J'étudie dans un autre cégep. J'ai l'intention d'aller en sexologie. Je veux savoir le dessous des angoisses des hommes. En attendant, je pratique.

— Pratiquer quoi?

Yann devint de plus en plus suspect.

— Détends-toi, Yann DÉLARMOTHE!

— Comment connaissez-vous mon nom de famille?

— Yann, soyons sérieux! Tu me vouvoies maintenant. Je vais te donner quelque chose à boire.

La jeune femme se leva et dans une démarche sensuelle qui semblait ne pas être recherchée, elle ouvrit un petit buffet placé dans un coin de la pièce. Elle choisit un carafon et versa dans deux petits verres un liquide vert qui dégageait une odeur de citronnelle. Elle présenta le verre à Yann et d'une voix caressante, elle chuchota à son oreille.

— Bois, mon chou, ça va te déniaiser.

Le jeune homme était presque déjà sur une autre planète.

Il prit le verre et avala d'un coup la mixture. Il grimaça un air de satisfaction et regarda la jeune femme avec les yeux d'envie que celle-ci attendait avec une telle volupté qu'elle passa à l'action sans perdre une minute. Elle s'apprêtait à déguster goulûment la pudeur dont faisait montre ce beau mâle noir. Elle considéra que, dans le regard du jeune novice, c'était son âme qui y passait. Une âme à fleur de peau, sensible, vulnérable, mortifiée. Elle s'assit délicatement à califourchon sur sa proie. Elle enfonça quasiment sa langue dans la gorge du jeune homme avec une infinie précaution comme pour aspirer le dernier relent de raidissement contre ce vice qui rongeait le subconscient de sa victime. Puis, tout en la lui léchant, elle murmura dans le creux de son oreille, presque sous le ton de la confidence, la douceur qui existait dans le sein d'une femme. Elle dégrafa avec une lenteur étudiée son soutien gorge et lui offrit le sein gauche en lui susurrant...

— Bois, l'élixir de ton initiation.

Yann qui ne possédait plus le sens des réalités se laissait guider. Il suça avec une délicatesse émotionnelle ce mamelon gorgé de désir. Il voulut avaler le sein de celle qui affectait l'air d'une panthère, tellement ses yeux le fascinaient.. Dans un geste plutôt brusque de jeune premier, il mordilla avec tellement de rage ce téton enivrant qu'il s'arrêta net quand celle-ci poussa un cri de douleur. La jeune femme alors incita son jeune premier à aller de plus en plus fort. Celui-ci ne pouvant plus tenir éjacula dans son pantalon. La tigresse excitée, cette fois-ci, par ce sperme inhibiteur de celui qu'elle devait initier, se déshabilla. Elle enleva avec une précipitation non contenue les vêtements du jeune garçon. Elle tenait le pénis de l'adolescent sans fioritures et sans aucune gêne. Ce dernier commença à gémir de plus en plus fort au point que la jeune femme dut aller monter le volume de l'appareil qui jouait une musique d'ambiance. C'était en plein jour donc aucun problème pour le voisinage. Sauf que le gémissement du jeune novice prenait de l'ampleur...

— Du calme, mon petit lapin...

— Je n'en peux plus... je veux...

— Attends, jeune homme. Chaque chose en son temps. Lorsque Linda donne l'exclusivité à quelqu'un c'est du caramel qu'il faut déguster avec lenteur...

— Line... Line... J'ai envie de te manger de la tête aux cuisses. Tu as de si belles cuisses...

— Tu vas me manger mon chéri! Il faut attendre pour savourer ce fruit défendu. Ta mère t'a déjà dit que ce fruit était défendu n'est-ce pas?

— J' m'en fous de ma mère!

— Bien!

— Elle alla se coucher sur le lit et écarta délicatement ses jambes. Yann se préparait à monter dessus...

— Non! Non! Non!... Mon petit gars, tu vas commencer avec ça...

— Quoi ça?

— Ta langue mon chou! J' t'ai déjà dit que je ne suis pas une prostituée. On va poser l'acte le plus enivrant. Il faut l'idéaliser. Ton sexe dur comme de l'acier sera en moi quand l'exaltation deviendra ivresse...

Yann n'était plus que le joujou entre les mains d'une experte. Il obéissait sans ajouter un seul mot. Il comprit d'un seul coup la théorie de la zombification que TOYO s'acharnait à lui expliquer et dont il ne saisissait pas le dessous. Il s'agenouilla et commença à labourer la vulve de la jeune femme avec toute la fougue de sa gaucherie juvénile. Quand celle-ci lui indiqua la place du clitoris et qu'il le mordilla avec une satiété gloutonne, la jeune femme chanta plutôt qu'elle gémit des plaintes de toutes sortes. Brusquement, elle tira le jeune homme par les deux mains que celui-ci avait agrippées sur ses cuisses. Elle prit son pénis et le planta à l'entrée de son vagin qui était déjà badigeonnée de crachat et de sperme.

— Vas-y ! Vas-y! Vas-y! Encore et encore! Enfonce-le jusque dans mes entrailles... Enfonce!

Les corps de l'adolescent et de la jeune femme se

moulaient l'un à l'autre. Pendant cinq séances consécutives le couple s'enivrait de toutes les voluptés que procurait l'acte sexuel...

Serré l'un contre l'autre, tenant nonchalamment cet instrument qu'elle estimait hors pair, celle qui se désignait comme Linda ne pouvait pas laisser partir ce jeune et fougueux amant du jour sans donner à cette initiation une dimension teintée de tendresse et pourquoi pas de moralité.

Par le biais de TOYO, elle savait tout de Yann. Elle devinait que sans expérience dans le domaine sexuel, elle allait jouer désormais un rôle affectif auprès de lui. Une crainte commença pourtant à germer dans sa tête : « Si ce beau jeune homme tombait amoureux d'elle? » Elle ne voudrait, pour rien au monde, le soumettre à une telle épreuve. Elle n'était pas là pour distiller ce genre de venin dans les veines de quiconque. Libertaire, hédoniste, elle suivait sa boussole de vie : le plus de jouissance possible. Elle considérait que la théorie qui voulait que la fin dernière de l'humain ici-bas, c'était de jouir de son corps lui allait comme un gant. C'était pourquoi, elle se blindait contre toute atteinte à sa carapace et ne dépassait pas le stade purement : jouissance sexuelle. Elle se conforma donc à son plan de match...

— Écoute, mon petit Yann, murmura-t-elle dans l'oreille de l'adolescent, tu viens de connaître le démon du sexe... Désormais...

— Mais, tu parles comme ma mère, maintenant?

Yann s'étonna de ce changement à 180° de cette tigresse qui venait de lui faire connaître le énième ciel.

— Tu ne savais pas que le sexe et le démon cohabitaient ensemble? Mon petit Yann, je ne te parle pas dans le même esprit que ta mère. Au contraire, c'est tentant de taquiner le démon. On s'approche de lui. On le défie. On se mesure à lui et on le vainc. Toutefois, il y a la manière de faire.

— Mais Line, tu es justement là pour me montrer comment singer avec le démon...

— Malheureux! On ne singe pas avec ce gars-là! C'est un

malin, tu sais! Tu vas voir ça! Il sera en toi. Il va te titiller. De temps à autre, tu vas être bandé pour rien... Comme ça...

— Mais ça m'est déjà arrivé!

— Ah! Bon! Es-tu sûr que c'est la première fois...

— Quant à ça oui! Je peux te le jurer!

— Ne jure pas mon petit ami! Il ne faut pas croire que ton pénis est une sorte de démon en toi. Un si beau meuble capable d'offrir des moments d'extase à n'importe quelle femme, constitue pour toi une arme aphrodisiaque terrible. Tu détiens justement ce secret qui te rend en même temps invulnérable et vulnérable. Tu vas te classer dans le tableau d'honneur des étalons. Ta réputation va te précéder. C'est là que tu vas faire preuve de prudence. Pour commencer je t'ai initié sans condom. Je savais que tu étais pur et sans tâche. Ta chasteté t'a au moins servi à quelque chose. Maintenant que tu as goûté à ce délicieux nectar, tu vas prendre tes précautions. Tu vois la boîte de condom? Je la tiens dans le tiroir de ma table de nuit. La prochaine fois tu m'habilleras ce beau bijou-là... Sais-tu que tu viens de jouer à la roulette russe avec ta vie? Ce genre de comportement peut amener droit dans le repaire de Satan...

— Line! Tu me fais peur avec ton histoire de Satan...

— Je dirai alors Démon! Nuances...

— Peux-tu me dire la différence entre les deux?

— Tu es vraiment comique Yann. Tu me demandes d'établir la différence entre Démon et Satan. Pour qui me prends-tu? Je vis sur la planète terre, mon ami. Je laisse ces bondieuseries pour les gens qui ne savent pas jouir de leur sexe. Moi, je te mets en garde parce que tu es un homme à femmes...

— Je ne suis pas homosexuel, moi!

— Non tu es risible! Remarque que n'importe quel homosexuel ferait des yeux ronds de plaisir en t'apercevant de face... Je t'ai dit que ton magnifique meuble va te rendre la vie angoissante. Tu seras sollicité ici et là. On parlera de ce pénis de bouche à oreille. Des femmes qui connaissent ton secret vont te solliciter par une simple attitude. Un regard. Un geste parfois imperceptible. Tu vas avoir du brouillard à l'esprit constamment à cause de ce pénis que, malgré toi, tu vas traîner dans ton pantalon. Ce bijou de famille, comme on dit familièrement, sera pour toi le vecteur d'un fardeau psychologique pour ne pas dire mental...

La jeune femme se montrait volontiers d'une perversité excessive afin de protéger ce jeune premier des pulsions qui ordinairement envahissent cette catégorie de gens. Elle ne voulait pas le faire souffrir à cause de cette initiation aussi édifiante que délirante. Comme pro, elle savait qu'un premier pas effectué dans ce domaine d'une manière gauche et expéditive pouvait avoir des conséquences funestes pour l'apprenti. Par contre, l'œuvre qu'elle venait d'accomplir la portait également à réfléchir. Un indice la fit frémir et la glaça de la tête au pied...

— Tu retournes à ton cours, mon petit lapin, demanda-t-elle d'une voix caressante au jeune homme?

— Jamais de la vie! Je veux passer la journée avec toi!

— Quel âge as-tu, mon petit chou?

Yann qui, brusquement, réalisa qu'il était devenu un homme hésita. Il voulait poser la même question à la jeune femme. Mais se souvenant des principes de sa mère qui lui disait assez souvent : « Tu ne dois jamais demander à une femme son âge. C'est une indélicatesse, même si elle paraît jeune. » Toutefois, c'était cette dernière qui avait parti le bal, alors il s'était senti à l'aise de déroger au principe de sa mère.

— Tu vas me dire ton âge, toi.

La jeune femme sourit. Elle se demanda si ce jeune premier était plus malin qu'elle ne le pensait. Voulant jouer au chat et à la souris avec son jeune partenaire d'un moment, elle lui glissa à l'oreille d'une voix chantante...

— Tu me donnes combien mon minou?

— Euh! Euh! Euh!

— Comment? Tu hésites? Me prends-tu pour ta grand-mère?

— Mais non, ricana le jeune homme, je mesurais mon

aptitude à comprendre les femmes... Je te donne dix-neuf ans.

— Flatteur va! Je viens d'avoir vingt ans. Remarque que tu ne t'es pas trompé de beaucoup. Félicitations sur ta capacité de... comprendre les femmes. Mais tu n'as pas répondu à ma question.

— Laquelle, renchérit Yann malicieux?

— Ton âge, p'tit gars?

— Je ne veux pas que tu m'appelles, p'tit gars.

— Excusez-moi, monsieur! Remarque que je ne me sentirais pas diminuer si tu me dis que tu as dix-sept ans. Une chair tendre comme toi, ça se déguste.

Vexé, Yann répond d'un ton coupant...

— Dix-sept ans et demi!

La jeune femme éclata de rire devant la hardiesse de cet adolescent qui voulait se faire valoir à ses yeux. Mais elle estima que la plaisanterie avait trop duré. Elle le rhabilla et lui intima l'ordre de se rendre à son cours...

— Quel est le prochain cours dans ton horaire?

— Chimie.

— Vas-y! Je n'ai jamais pu comprendre quoi que ce soit dans ces formules, ces réactions, ces combinaisons. Il faut de tout pour faire un monde. Bye! mon p'tit chou!

Elle ne laissa pas au jeune homme la possibilité de placer un seul autre mot. Celui-ci comme un chien penaud se contenta du baiser que Linda déposa délicatement sur son front. Il dégringola l'escalier. Il se sentit flotter comme s'il marchait sur un coussin d'air. Tout, au dehors, prenait à ses yeux une teinte différente. On aurait dit que les arbres étaient plus touffus et que les rues étaient plus larges. C'était comme s'il entendait le chant des cigales et des grillons bruisser dans les herbes qui lui paraissaient plus denses et plus hautes. Il ferma un instant les yeux pour mieux absorber sa félicité.

Il surveillait un taxi quand son attention fut attirée par une vieille petite voiture toute déglinguée et quelqu'un qui lui faisait des signes. Il traversa de l'autre côté de la rue et aperçut « Ti ba » qui s'était quasiment déguisé pour ne pas être reconnu. Celui-ci lui ouvrit la portière droite et quelle ne fut pas sa surprise de voir, à l'arrière, TOYO qui se tordait de rire.

— Au cégep! ordonna-t-il à « Ti ba ».

****

Yann, une fois initié aux délices sexuelles, développa des habiletés propres à ceux appelés communément hommes à femmes. Dès sa tendre enfance, sœur Emma avait perçu le charme naturel qui émanait de ce petit garçon. L'adolescence ne fit qu'accentuer cette espèce de rayonnement qui facilitait son admission dans n'importe quel cercle. Le jeune homme avait de la présence et ne passait pas inaperçu. Cette éducation soignée reçue de sa mère se reflétait dans ses gestes harmonisés par le ton et les mots employés. Il fut désigné par les autres, quelle que soit leur ethnicité, sous le pseudonyme « l'aristocrate ». Ce qui le gêna amèrement car pour rien au monde, il ne voulut être distinctif. Il suscita de la jalousie de la part de certains gars pour ne pas dire de beaucoup de gars. Bel homme, héritier d'un charisme certain, il attirait comme un aimant la gent féminine. Plusieurs cégépiennes, toutes catégories confondues, se livraient à de vrais paris pour s'accaparer de cet oiseau rare.

Pourtant Yann ne cessait de visiter cette Linda (appelée Lyne) son initiatrice. Bien que cette dernière ait prévu le coup et se soit prémunie contre cet attachement, elle se trouvait prise, malgré elle, dans ce filet qu'elle s'était tissé. Elle regretta vivement d'avoir fait connaître la volupté indicible de l'acte sexuel d'une façon aussi sensuelle et surtout teintée de romantisme à son jeune protégé. Elle se posa assez souvent cette question : « Pourquoi avais-je agi ainsi? » Yann n'était certes pas le premier garçon à qui elle avait fait goûter pour la première fois à ce fruit succulent. N'était-ce pas pourquoi, d'ailleurs, son ami TOYO avait fait appel à sa générosité et à son art? Ses amis savaient très bien qu'elle ne se livrait pas à la prostitution puisqu'elle n'avait jamais accepté de se faire payer pour ses ébats sexuels. Elle avait effectivement la ferme conviction que pour être efficace en sexologie, qu'elle avait choisie comme future profession, il fallait qu'elle fasse des expériences sexuelles tangibles pour les modeler à la théorie. Elle se sentait donc mal à l'aise en présence de ce grand bébé qui la couvrait de cadeaux. Elle douta que celui-ci puisse avoir autant d'argent à jeter par les fenêtres. Son appartement commençait à ressembler à un penthouse ou un loft d'une grande bourgeoise. Elle s'ouvrit à TOYO. Ce dernier lui fit comprendre que la dame qui a adopté Yann est l'héritière d'une fortune assez modeste mais située quand même au-dessus de la moyenne. Munie de cet héritage du côté de sa mère, cette femme se donnait pour tâche de satisfaire tous les caprices de son fils adopté. Linda n'entendait sous aucun prétexte se servir de cet avantage pour exploiter l'innocence de ce jeune homme. Au cours de leurs nombreuses conversations, elle put mesurer combien ce jeune garçon avait un fond idéaliste. Comment par ce fait même, il développait une conception étriquée de la réalité. On pouvait palper l'influence de cette dame qui était allée le chercher dans ce pays du tiers monde. Voulait-elle, par ce geste, le soustraire aux vicissitudes et aux contradictions du monde réel pour lui offrir un monde imaginaire? Le jeune homme confondait fort souvent concept et réalité. La fragilité que Linda avait détectée chez ce gigantesque adolescent la rendit un peu maternelle. Bien que la différence d'âge entre les deux ne constituât pas un fossé profond, l'initiatrice se faisait violence à elle-même pour contrecarrer ce sentiment encore mal défini qui surgissait de jour en jour chez elle. Elle n'en continua pas moins à encourager son protégé vers ses études académiques. Elle accepta de temps à autre, d'avoir une relation sexuelle avec lui et ce, limitée au strict minimum. Ces agissements de la jeune femme eurent pour effet de déprimer l'adolescent au point que sa mère s'en mêla. Elle eut la surprise de sa vie quand, sous prétexte de changer les meubles de la chambre de Yann, elle découvrit son bulletin scolaire. Dès l'entrée du garçon au cégep, rien de précis n'avait été conclu entre la mère et son fils à propos des résultats scolaires. Plusieurs personnes dans l'entourage de madame, de même que le thérapeute, l'avaient mis en garde contre un contrôle régulier des bulletins du jeune homme. Pour aider ce dernier à acquérir son autonomie, il serait bien séant de ne pas lui demander de produire son bulletin comme ça se pratiquait au secondaire. Madame avait piqué une crise de nerfs en avançant qu'elle se trouvait exclue du processus de cheminement scolaire de son fils. Une mise au point à ce propos avait provoqué une mini-crise à la maison. Son mari dut s'en mêler pour lui faire voir comment son attitude avait provoqué un choc chez Benoît, leur fils cadet. Ce dernier n'était pas obligé de faire voir son bulletin contrairement à Yann. Le conjoint lui jetait à la face son parti pris pour son fils adoptif et son mépris pour ses enfants biologiques. Les relations de couple subissaient les contrecoups de ces différences de point de vue. D'une façon générale, la vie quotidienne à la maison se détériorait au rythme du comportement de Yann.

Cette fois-ci la crise piquée par la dame dépassa une simple colère. Elle ressentit une telle douleur à l'estomac qu'on dut la transporter d'urgence dans un hôpital. Elle s'étouffait à vue d'œil.

De retour à la maison, elle eut une explication assez orageuse avec Yann. Ce dernier se sentit humilié du fait que sa mère alla fouiller dans ses affaires privées. Il servit une leçon d'autonomie à celle qui lui disait toujours comment se comporter dans les différentes situations de la vie quotidienne. Constatant la distance qui s'était déjà élargie entre elle et son garçon, la mère employa la tactique du vaincu repentant. Elle reconnut ses erreurs. Elle n'en continua pas moins à harceler le jeune homme pour déterminer les causes de cette dégringolade dans ses notes. Sa fierté en prit pour son rhume. Les brillants résultats scolaires de Yann constituaient, autrefois, l'épouvantail qu'elle agitait à la face des autres enfants. Ce geste servait de stimuli pour piquer leur ego. Personne n'avait le goût d'embrasser la médiocrité. La mère fit tant et si bien qu'elle réussit à faire surgir du subconscient de son fils le sentiment de culpabilité que ce dernier ressentait depuis sa rencontre avec Linda. Profitant d'un moment où la vulnérabilité de Yann se trouvait à fleur de peau, vu le malaise qui le rongeait visiblement par ses gestes et son attitude, la mère attaqua...

— C'est ce TOYO de malheur qui t'a mis dans un état aussi piteux. Quand tu as choisi d'aller à cet endroit qui se désigne « établissement de savoir » mais qui constitue dans les faits, un repaire de parasites et de ratés, je ne t'ai rien dit, n'est-ce pas ? Je t'ai laissé faire. Tu as voulu expérimenter ton autonomie. Tu sais que moi, je t'ai toujours tracé une voie cohérente sûre, gagnante. J'ai toujours voulu que tu deviennes un homme respectable et responsable. Dès les premiers instants, j'ai détecté en toi une graine de leader. Tu es en train de te laisser manipuler par cet individu qui ne fréquente jamais un cours...

— Comment savez-vous ça mamie ?

Le jeune garçon devint de plus en plus minuscule devant cette femme qui avait toujours exercé une forte ascendance sur lui. Il se mit à trembloter de plus en plus.

— Reste calme Yann, renchérit celle qui croyait accaparer déjà ce fils égaré, je ne compte pas te donner mes sources. Si TOYO essaie de te faire peur, tu pourrais lui ouvrir ta conscience et lui dévoiler mes secrets... Je te dis, mon petit gars, que je finirai par t'enlever sous la griffe de ce parasite, ce vendeur de drogue, ce proxénète...

Cette fois-ci Yann réagit avec vivacité et étonnement.

— Où avez-vous pris ces renseignements, mamie. Il y a de la fausseté dans ce que vous dites. C'est un tissu de mensonges. TOYO n'est ni vendeur de drogue, ni proxénète.

— On voit déjà ta fidélité à ce gars-là. Tu ne le connais même pas... Est-ce que ce n'est pas lui qui t'a parlé de choses sexuelles ?

Yann baissa la tête, comme le petit garçon d'autrefois lorsque sa mère le grondait. Des sueurs commencèrent à perler de son front. Ses mains devinrent moites. La mère, déjà triomphante psychologiquement, n'hésita pas à enfoncer le clou dans le cercueil de son garçon...

— La fille que tu rencontres assez régulièrement n'est-elle pas la petite amie de TOYO?

La voix de sa mère était en même temps frémissante et convaincante. Yann ouvrit démesurément grands ses yeux.

— Quelle fille, dit-il, mal assuré? Je ne vois aucune fille régulièrement, moi!

— Écoute Yann, je suis venue au monde bien longtemps avant toi. Line Margille n'est pas une cégépienne comme elle te l'a laissé entendre.

Le jeune homme sentit que ses deux jambes n'existaient plus. Sa tête se mit à tourner. Voilà que sa mère était au courant de tout. Il ferma ses deux yeux, rien que pour assembler ses idées dans un ordre logique, afin d'essayer de la déjouer, si par hasard c'était un piège que celle-ci lui avait tendu. Il connaissait la force de caractère de cette femme qui menait la maison comme si c'était elle le commencement et la fin des choses. Il savait qu'il n'était pas de taille à se mesurer à armes égales à cette dernière. Toutefois, il avait juste remarqué que sa mère s'était trompée sur le nom de la jeune personne. Elle ne s'appelait pas Line mais bien Linda. Son nom de famille : Margelle et non Margille. Alors, il allait pousser sa hardiesse jusqu'à l'affronter...

— Je ne connais pas cette Line Margille dont vous parlez. TOYO ne la connaît pas non plus.

La mère sourit d'un air moqueur devant les efforts de son fils pour se sortir de cet étau. Mais elle décida de serrer la pince.

— Alors là, mon cher enfant, tu commences à devenir menteur. L'appartement 15, je ne l'ai pas inventé. Sais-tu que des activités d'ordre sexuel se déroulent le jour comme la nuit, dans l'autre petite pièce dissimulée par des affiches? Les jeunes femmes qui travaillent sous la direction de Line doivent obligatoirement remettre l'argent récolté à TOYO. Si ce n'est pas du proxénétisme me donneras-tu la définition de telles activités?

Le jeune homme abasourdi par les révélations de sa mère, allait se déclarer vaincu et tout avouer à celle-ci, quand une idée pas mal brillante lui passa par la tête. Il décida de contre-attaquer...

— Pourquoi Linda aurait-elle trompé TOYO si elle était son ami de cœur au vu et au su de ce dernier?

La dame n'ayant pas le temps de saisir la nuance dans la question du jeune homme répliqua...

— Elle est soumise à sa domination. Elle lui obéit à la baguette pour ne pas manger une volée.

— Mais nous ne parlons pas de la même personne mamie ! Vous parlez de Line. Moi, je vous parle de Linda. Nuances!

La mère resta un instant un peu décontenancée mais elle ne faiblit pas pour autant. Yann visionna l'appartement de son initiatrice pour débusquer cette petite pièce cachée par des posters. Malgré l'exercice de concentration auquel il s'était assujetti, il n'arriva pas à voir cet endroit insolite. Il essaya habilement de savoir de sa mère le nom de la rue où habitait la jeune femme, cette dernière s'était trompée deux fois. Malgré tout, une sorte de rage balayait tout son intérieur. Si Linda était vraiment la maîtresse de TOYO dans quel pétrin se serait-il trouvé? Ce qui commençait surtout à serrer son cœur était le fait qu'il n'avait jamais trouvé personne chez la jeune femme quand il se présentait sans avertissement. Cette dernière ne semblait jamais lui reprocher sa façon de faire. Était-ce le signe que cette pimbêche le mettait dans sa poche? Il ne sut pas pourquoi cette allusion de sa mère le dérangeait tant. Il développait chaque jour davantage une sorte d'attachement envers Linda. Il n'arrivait pas encore à définir ce sentiment qui germait sournoisement mais sûrement dans son esprit. Mais sa mère n'était-elle pas en train de jouer une partition qui lui échappait? Celle-ci ne se déclarant pas battue renchérit...

— Ce genre de femelles décline un nom à chaque amant, mon petit gars. Ce sont de vraies manipulatrices surtout si la victime est un jeune novice. Même si elles ne se font pas payer en argent comptant, elles s'arrangent pour que leur proie les couvre de cadeaux qu'elles s'empressent de faire écouler dans leur réseau de distribution.

Yann n'en pouvait plus. Il se mit à pleurer. Une fois de plus il s'efforça de visionner l'appartement. Il se rappela que tous les cadeaux, dont il avait gavé la jeune femme, s'y trouvaient encore intacts. Il se rappela également comment Linda le suppliait de ne plus lui apporter des choses. Il se demanda si vraiment cette jeune femme qui lui avait montré tant de tendresse et de douceur, était aussi perverse? Surtout, était-elle la maîtresse de TOYO? La mère consciente du désarroi de son fils décida une fois pour toutes de le ramener dans son giron...

— Tu es trop jeune Yann pour fréquenter ce genre de monde, dit-elle d'une voix suppliante, tout en lui caressant la tête. Elle le couvrit de baisers. Tu vois où ça va t'amener? Tu t'es laissé envahir par le démon du sexe. Oui! J'ai bien dit le démon du sexe. Ces femmes de mauvaise vie portent en elles, non seulement toutes sortes de maladies, mais encore un genre de malédiction qui atteint ceux qui forniquent avec elles. Tu as l'âme trop pure pour tomber dans cet abîme...

Le jeune garçon se détacha de l'étreinte de sa mère qui l'étouffait tant physiquement que sentimentalement et courut vers l'extérieur de la maison. Il s'engouffra dans la voiture et démarra dans un crissement de pneus...

****

— Je n'irai pas à ta fête de bourgeois à la con, mon ami. Les autres non plus.

Après la douloureuse séance où sa mère avait voulu le persuader de la perfidie de Linda, le jeune garçon était sorti ébranlé plus que jamais. Il espaça ses visites à son ami TOYO. Il s'aperçut que Linda changeait d'attitude avec lui. Il n'était plus le bienvenu à n'importe quel moment. La jeune femme avait exigé désormais qu'il appelât avant de se présenter. Une fois sur deux, elle était occupée. En ce qui avait trait aux relations sexuelles, ce fut après des séances de supplications où Yann s'humiliait quasiment qu'un coït en vitesse et sans fioritures lui avait été accordé. Des soupçons germèrent dans sa tête. Il commença à croire que sa mère avait raison. Il se mit à surveiller les faits et gestes de TOYO pour voir si ce dernier se présentait souvent chez Linda. Parfois, il n'alla pas suivre ses cours rien que pour avoir le cœur net à ce sujet. Il essaya de tirer les vers du nez de « Ti ba ». Celui-ci l'envoya paître en lui disant que TOYO n'aime pas les gens curieux. Le jeune homme se montra de plus en plus taciturne. Ses résultats scolaires devinrent désastreux au point que l'idée d'abandonner la session lui effleura l'esprit.

Quand TOYO apprit par quelqu'un que Yann caressait ce funeste dessein, il le fit chercher « manu militari ». Il le cuisina d'une façon tellement efficace que celui-ci lâcha le morceau. Il raconta à son ami sa séance avec sa mère et lui répéta mot à mot les insinuations de celle-ci. TOYO balaya du revers de la main les « racontars » de celle qui voulait continuer à exercer sur le jeune garçon une ascendance absolue. Il le persuada que sa mère entendait susciter en lui une infâme raison sentimentale pour les diviser. Il lui démontra point par point qu'il ne pouvait exister aucune relation intime entre la jeune femme et lui. Surtout, il avait d'excellents arguments pour anéantir les charges de trafiquants de drogue.

La direction du cégep aurait-elle consenti à octroyer un bureau à un « dealer » connu? Ce serait se rendre complice des méfaits posés par ce dernier. Il ne roulait pas en bagnole. Son train de vie ressemblait à celui de tout le monde.

Au fur et à mesure que TOYO se justifiait, la côte d'amour du jeune homme pour sa mère subissait une pente descendante. Durant les jours qui suivirent ces heures de déprogrammation de la part de TOYO l'atmosphère des relations entre Yann et sa mère se détériorait à vue d'œil. Les autres membres de la famille absorbaient les contrecoups de cette guéguerre psychologique avec des hauts et des bas. Une fois, l'un des enfants s'en était pris directement au jeune homme. On lui reprocha son intrusion dans la famille. On le rendit directement responsable de tout ce qui allait à l'envers dans la maison. On lui fit comprendre qu'il était là par charité et qu'il ne devait pas agir en ingrat. La mère fut tellement furieuse d'entendre de tels propos qu'elle partit pour une semaine de vacances sans dire à personne où elle se terrait. La panique s'était emparée de tout le monde. Quand elle revint, elle reçut un accueil chaleureux prouvant que tout l'incident était oublié et l'harmonie recommença à jouer sa musique entre les membres de la famille. On comprit toutefois qu'il valait mieux laisser la mère régler ses différends avec son fils, sans s'en mêler.

Cependant, la vraie bataille ne se déroula pas à l'intérieur de la maison ni dans la famille. Elle se situait à un endroit qui échappait à sa compétence. C'était pourquoi la mère devenait de plus en plus impuissante à contrôler ce grand fils. Elle sentait que ce TOYO tirait les ficelles par en dessous chaque fois qu'elle avait un échange avec Yann.

L'événement qui exaspérait la dame et qui mettait le feu aux poudres d'une manière explosive arriva quand cette dernière annonça que la dix-huitième année de Yann allait être fêtée en grande pompe. Madame s'entendit avec un traiteur qui devait non seulement transporter un festin gastronomique à la maison mais aussi envoyer des serveurs en tenue de gala. Pour la circonstance tout le monde devait se mettre également en tenue de gala. La discussion fut vive. Les jeunes ne voulurent pas s'habiller en « pingouin » comme ils disaient. Mais la mère ne démordit pas, ce serait ainsi ou rien. Le moment vraiment explosif arriva quand Yann insista pour inviter TOYO et d'autres amis. La mère dans un geste de compromis n'accepta que cinq personnes de la « gang » de

TOYO. Or, quand ce dernier se déplaçait, il était toujours accompagné, au moins, d'une quinzaine de personnes. De plus, il n'entendait pas se ridiculiser en se parant en « pingouin ». Il consentait, au plus, à se rendre à un barbecue en tenue de circonstance. Quand Yann avait suggéré à sa mère qu'il valait mieux organiser un barbecue, qui rentrait plus facilement dans la vision des jeunes, celle-ci identifia immédiatement son rival TOYO. Elle menaça de tout annuler, plutôt que d'accepter les diktats de ce fumiste, dans sa propre demeure. Ce qui compliqua la situation était, que les autres enfants, loin de voir la main invisible de ce TOYO de malheur, partageait l'idée de Yann. Ils pouvaient, eux aussi, persuader plus aisément quelques amis à venir partager ce festin à la bonne franquette et au son de la musique rock que de se tenir tranquille autour d'une belle table en écoutant de la musique classique. Yann se trouvait coincé entre l'intransigeance de sa mère et le refus de TOYO. Le bras de fer entre la dame, son fils et TOYO avait atteint son paroxysme. Le jeune homme menaça sa mère de ne pas assister à ce festin excentrique si ses amis ne pouvaient y être. Voulant quand même épargner à celle-ci cet affront, il était venu une dernière fois intercéder auprès de TOYO pour voir si ce dernier consentait à lâcher du lest. En entendant la réponse de ce dernier, il fut chagriné de constater que celui à qui il vouait une admiration sans bornes, le traitait encore de bourgeois. Il savait la connotation méprisante que ce vocable prenait au sein de cette « gang ». Il baissa la tête et ne répondit rien. TOYO qui développait une certaine sensibilité à l'égard de ce garçon qui était physiquement fort mais qui gardait une fragilité psychologique perceptible pour quiconque le fréquentait de près, voulut minimiser le choc...

— Écoute Yann, dit-il d'un ton ému, ta mère ne peut pas t'imposer quelque chose que tu ne veux plus. Tu vas avoir dix-huit ans. Si tu veux que tes amis partagent ce moment exceptionnel avec toi, il faut leur faciliter la tâche. Tu ne peux pas nous forcer à poser un acte que nous n'approuvons pas. Tu peux très bien contenter tes parents en acceptant ce souper gastronomique. On fêtera avec toi un autre jour...

Malgré le ton conciliant et compréhensif de son ami, le jeune homme ne put accepter un tel affront. Dans sa tête, c'était réglé. Il n'y aurait pas de souper en grande pompe avec service aux tables. Ce serait le barbecue ou rien.

Un compromis acceptable aux deux partis fut recherché, mais la sauce se gâta. La mère voyait dans les velléités de Yann de lui tenir tête la mise en place d'un plan bien concocté par TOYO. En aucun moment, elle ne voulut montrer à ce dernier qu'il avait le dessus. Elle coupa carrément les vivres à son garçon. Elle accepta seulement de payer l'essence pour la voiture. Dès que la décision irrévocable fut prise à l'effet qu'il n'y aurait plus de souper d'anniversaire, la mère décida de faire comprendre à TOYO que la personne qui tenait la bourse tenait aussi le gros bout du bâton. Elle devina que si Yann n'avait plus d'argent à verser à ce parasite, ce dernier allait vite se désintéresser du jeune homme. Une fois de plus, elle se trompait. Cette décision eut plutôt pour effet de renforcer l'intégration de son fils à la « gang » de son grand rival. Visiblement, le caractère et le comportement du jeune homme subissaient une modification dans le sens opposé à l'éducation raffinée mais austère donnée par sa mère. Cette dernière le surprit à employer des expressions incongrues qu'elle abhorrait de tout temps chez elle. Chaque fois qu'elle pestait contre cette manière de faire, la tension entre les deux montait à un degré insupportable. Si l'on ajoutait à tout cela le fait que le jeune homme sortait régulièrement, même au beau milieu de la semaine, sans tenir compte de ses remontrances, l'atmosphère dans la maison devenait de plus en plus invivable.

Elle décida de faire voir par un psychologue ce fils carrément en rébellion. Ce ne fut pas facile. Yann déclara à la face de sa mère qu'il n'était pas fou. Que c'était cette dernière qui méritait une thérapie. Le mari dut intervenir énergiquement devant tant de hardiesse de la part du jeune homme. Les autres enfants notifiaient à Yann qu'ils n'accepteraient pas un tel irrespect de sa part vis-à-vis de leur mère. Yann vit qu'il se trouvait seul de son camp. Ce sentiment d'incompréhension ou de rejet fit qu'il cherchât de plus en plus un support moral ou une certaine affectivité de la part du groupe de TOYO. Il supplia celui-ci de ramener Linda à de meilleures dispositions à son endroit. Une chose sautait à ses yeux. Linda n'était pas la fille de joie que sa mère lui avait décrite. Sans argent, la jeune femme ne lui reprochait rien. Au contraire, cette dernière lui offrit de vendre certains de ses nombreux cadeaux pour lui procurer un peu de fric. Il refusa net. Le fait que la jeune personne conservait encore les bijoux et autres présents de valeurs qu'il lui avait donnés prouva que celle-ci menait une vie décente et respectable, à sa manière, et qu'elle partageait effectivement la théorie de la pensée hédoniste. Il devint donc de plus en plus affectueux envers cette dernière tout en maudissant les intentions diffamatoires de sa mère. Il se mettait même à voir régulièrement Linda dans ses rêves. Il ne put faire le point de démarcation entre un sentiment amical développé envers elle et autre chose. Serait-il amoureux ? Il ne le savait pas. Ce fut pourquoi, il accepta de consulter ce psychologue proposé par sa mère. D'autant plus qu'il constatait que cette dernière dépérissait à vue d'œil. Il ne voulait pour rien au monde en être responsable.

Quand cette dernière reçut un coup de fil du psychologue, elle se dépêcha de se rendre à sa clinique. D'après l'entente conclue entre les deux, la mère devait être tenue au courant de ce qui ne tournait pas rond chez le jeune homme. Bien sûr, le psy lui avait fait comprendre qu'il devait se tenir à son secret professionnel et qu'il ne pouvait pas tout lui dévoiler. Elle était prête à se contenter de l'essentiel. Pourvu qu'elle puisse se réapproprier l'âme de son fils.

— Franchement, madame avança le psy d'un air morose, après cinq séances avec votre fils, je n'ai encore pu rien détecter qui n'aille pas.

La dame resta stupéfaite. Elle qui croyait enfin toucher du doigt ce mal de vivre qui commençait à couver dans la conscience de Yann. Elle tira de sa sacoche un mouchoir pour sécher des larmes qui glissaient le long de ses joues.

— Il ne vous a pas parlé d'un certain TOYO?

— Madame, je vous dis en gros ce que je peux vous dire. Je ne suis pas autorisé à vous fournir des détails. Me feriez-vous confiance si votre mari se trouvait à votre place et que je lui racontais mot à mot vos séances de thérapie?

— Il ne s'agit pas de moi monsieur mais bien d'un enfant...

— Ce n'est pas un enfant madame. C'est un jeune adulte!

— J'comprends! Il se fait débaucher par Line.

Elle poussa ce cri sans s'en rendre compte. Le psychologue un peu étonné regarda cette femme qui semblait être au bord du désespoir.

— Je ne peux pas continuer à recevoir des honoraires. Je ne peux rien de plus pour lui. Par contre, je vous suggère de le faire voir par un psychanalyste...

La dame sursauta. Elle fit même un geste de panique.

— Mais c'est grave monsieur! Un psychanalyste? Mon enfant n'est pas parvenu à ce point-là. Il a des problèmes, certes, mais il n'est pas dérangé mentalement. Je sais que c'est ce TOYO qui lui perturbe la vie. C'est Line qui lui donne trop de sexe et le conduit directement vers la déviance sexuelle. Il suffit de régler ces deux cas et tout est dit.

Le psychologue semblait s'apitoyer plutôt sur le cas de cette dame qui perdait visiblement le nord.

— Si vous êtes tellement convaincue des problèmes qui perturbent votre fils pourquoi consultez-vous un spécialiste? Vous jetez votre argent par la fenêtre...

La dame éclata en sanglots. Elle pleura de plus en plus fort. Le psychologue crut comprendre que c'était elle qui méritait vraiment une thérapie. Il lui tendit une carte.

— Si vous allez consulter celui-là vous aurez pour votre fils un rendez-vous le plus vite possible. Venant de moi, il va le considérer à sa juste valeur...

Merci, dit-elle, tout simplement.

****

Quand la mère de Yann lui montra la lettre du psychologue, à l'effet que celui-ci lui suggérait de consulter un psychanalyste, il se rebiffa. D'abord pourquoi le spécialiste avait-il envoyé la lettre à sa mère et non à lui. Cette dernière lui fit comprendre que le psy avait été engagé par elle et qu'il lui devait une réponse. D'ailleurs, dit-elle, il n'avait révélé aucun secret professionnel. Le garçon trouva l'explication plausible. Quoi qu'il en soit, il ne comprit pas pourquoi il devait aller consulter un autre spécialiste s'il n'avait rien. Il se précipita au cégep et s'engouffra dans le bureau de TOYO.

— Cesse de pleurer, mon vieux, t'es un homme.

TOYO, toujours très sûr de lui, attendait comme d'habitude derrière son « bureau » l'âme en peine qui viendrait vider sa conscience. Il n'était certes ni psychologue, ni psychiatre, ni psychanalyste mais il jouait un rôle qui les résumait tous. Se pouvait-il qu'à force de côtoyer un tas de jeunes qui mordaient dans le vif de la vie, il se fût taillé une philosophie à sa mesure? Il ne se rendait à aucun cours, c'était vrai. Pourtant, ce réduit appelé « son bureau » regorgeait de bouquins de toutes sortes. Yann avait aussi remarqué que celui-ci se trouvait le plus souvent à la bibliothèque de l'établissement quand il n'était pas à « son bureau ». Il ne pouvait pas concéder à sa mère l'opinion à savoir que ce gars-là était un « pusher » ou un proxénète. Quand Yann se trouvait en présence de ce dernier, il perdait ses moyens et tremblait quasiment.

— TOYO, dit il d'un air candide, je suis devenu fou. Je suis un malade mental.

Son interlocuteur éclata d'un rire sonore qui fit voir des dents d'une dimension appréciable. Comme à l'ordinaire, dès qu'il eut l'impression qu'il venait de considérer Yann comme un gamin, il se corrigea tout de suite...

— Tu me portes à rire mon cher Yann, s'exclama-t-il en indiquant à celui-ci une chaise, tu es aussi équilibré que moi.

— Non! Ma mère veut me faire voir par un psychanalyste! D'ailleurs, ce n'est pas elle qui veut ça. C'est le psychologue.

Il tendit à TOYO la lettre qu'il avait subtilisée à sa mère. Celui-ci y jeta un rapide coup d'œil. Il froissa le papier. Le réduisit en une boule et le jeta dans le petit panier à déchets.

— Qu'est-ce que tu fais là TOYO, vociféra le jeune homme. La lettre appartient à ma mère. Ce n'est pas à moi.

Joignant le geste à la parole, il courut ramasser la missive froissée. Il passa et repassa sa main sur le papier pour essayer de lui donner son apparence originelle.

— Yann tu n'as rien, affirma le leader avec flegme, ou du moins je sais ce que t'as.

Le jeune homme ouvrit tout grand ses deux yeux et les fixa sur son interlocuteur.

— Si tu connais mon cas, dis-le moi, TOYO? Je n'aurai pas besoin d'aller voir le psychanalyste.

— Non! Non! Il faut que tu fasses ton expérience jusqu'au bout. Lorsque le moment viendra de te dire ton mal, tu dois être convaincu du bien-fondé de ce que je t'apprends. L'extrême gravité qui entoure ton cas mérite une précaution de tous les instants. C'est un moment décisif que tu t'apprêtes à vivre. Je dois d'abord te préparer. Je dois faire avec toi ce qu'on appelle un « briefing ».

— Je ne t'ai jamais vu aussi sérieux, TOYO. Que t'arrive-t-il?

— À moi? Rien!... Va à ton cours maintenant. Je te verrai quand le psychanalyste dira à ta mère : « Je ne comprends rien au cas de ce jeune homme. »

La mère de Yann ne posa aucune question quand celui-ci lui annonça son intention d'aller consulter le psychanalyste. Elle fut réconfortée car elle était persuadée que son garçon n'avait pas rencontré TOYO. Elle imaginait déjà un plan pour faire chasser ce vaurien du cégep. L'émissaire qu'elle avait placé à l'établissement lui avait proposé de monter un complot où un groupe de jeunes serait arrêté avec du « pot ». Étant donné que ce même genre de « pot » allait se retrouver comme par hasard dans le « bureau » de ce vaurien, ces jeunes étaient prêts à déclarer à la police que leur fournisseur n'était autre que TOYO. La mère recula de peur de se faire moucharder par l'un de ces petits filous aux mœurs douteuses. Elle craignait de se voir victime de chantage de la part de ces individus peu scrupuleux. Elle refusa d'avancer le montant qui devait servir à l'achat de la drogue. Elle se sentit donc aux oiseaux lorsqu'elle constata que, pour une fois, depuis un certain temps, TOYO ne se mettait pas à travers son chemin.

Trois mois plus tard, elle se trouvait donc assise dans la clinique du spécialiste en questions mentales. En entrant dans le bureau de celui-ci, son cœur se mit à battre d'une façon désordonnée. Elle était bouleversée d'avance des résultats que lui dévoilerait le spécialiste. Après six séances avec Yann, ce dernier avait dû découvrir le mal qui rongeait son fils. Elle manifesta une nervosité à fleur de peau. À peine assise, elle posa la question qui lui brûlait la langue :

— Alors, docteur, quel est le bobo?

Celui-ci continua à griffonner sur un rectangle de papier des lignes qu'il écrivait déjà. Il posa la plume et fixa sa cliente droit dans les yeux. D'une voix tout autant gutturale et pathétique, il répondit...

— Rien, madame! Rien!

La dame avait failli l'agripper par le collet tellement elle était en colère.

— Vous aussi, vociféra-t-elle, enragée. Vous êtes tous des charlatans. Le jeune homme est malade et vous ne me dites rien. Mon fils est perdu. Il n'est plus équilibré. Il a un mal. Le mal de ne pouvoir appréhender la vie dans sa réalité concrète. Je ne suis pas ici pour vous montrer votre profession. C'était à vous de dépister, de son for intérieur, le mauvais génie qui le guide et le conduit vers cet abîme dans lequel il s'enfonce sans pouvoir s'arrêter. D'ailleurs, ce mauvais génie, ce diable incarné, ce Satan personnalisé, je le connais, moi. Il s'appelle TOYO. Vous m'entendez TOYO...TOYO. Mettez ça dans votre pipe! TOYO!

La dame s'affaissa. Après cinq minutes, le médecin jugea que le moment était venu de fournir quelques explications à cette cliente peu ordinaire.

— Chère Madame, reprit-il d'un ton posé mais impératif, malgré mes six séances de travail avec ce jeune homme, je n'arrive pas à détecter le fond de son problème. Certes, j'ai cerné certaines appréhensions chez lui. J'ai cru comprendre qu'il se joue un drame dans sa tête dont le scénario m'échappe...

— Docteur, coupa la dame, il y a cette prostituée qui lui a tourné la tête. Je crains qu'il soit amoureux d'elle. Même sa photo trône sur sa table de nuit. J'ai l'impression, quand il découche maintenant, que c'est pour passer des nuits d'orgies avec cette salope. Il abandonne presque l'école. Il n'a plus aucune aspiration. Il n'y a pas si longtemps, il voulait être chirurgien... neurochirurgien pour être plus précise.

Le médecin écouta religieusement cette mère aux abois. Il pensa que cette dernière avait bien besoin de se faire psychanalyser plutôt que le jeune garçon.

— Pourquoi vous ne lui avez jamais dit d'où il venait?

— Je ne vous comprends pas?

— Pourquoi vous ne lui avez jamais dit de quel pays il venait?

— Pourquoi me posez-vous cette question?

— Pour pouvoir voir clair à travers ce nuage mystérieux qui m'entoure.

— Il n'y a aucun mystère dans tout ça. Il a rencontré ce TOYO...

— Madame! Voulez-vous laisser ce TOYO tranquille et répondre à ma question pour le bien du jeune homme?

Devant le ton sec et autoritaire du médecin la dame se renfrogna un peu...

— Parce que, dit-elle avec conviction, quand j'ai exécuté mon rêve prémonitoire, je lui promis dans l'avion, alors qu'il se trouvait sur mes genoux et qu'il me souriait, de le délivrer de la misère. Je lui ai dit, tout en caressant son petit menton, que jamais il ne saurait d'où il était sorti. Je n'ai pas voulu qu'il me reproche un jour de lui avoir menti. Je n'ai pas voulu qu'il ait un regret quelconque de l'avoir soustrait à ses semblables. Je n'ai pas voulu qu'il ait un remords quelconque lorsqu'il verrait à la télé l'état lamentable et dégueulasse de ce pays duquel je l'ai enlevé. J'ai voulu qu'il soit imperméable à ce genre de choses. J'ai voulu faire de lui un être digne et fier.

Le médecin écoutait la tête baissée en fermant ses deux yeux et en appuyant son menton sur sa main gauche.

— L'avez-vous éduqué en québécois ou en canadien?

La dame sursauta.

— Quelle question saugrenue, docteur. Je la trouve vraiment ridicule.

— Madame, faites-moi grâce de vos commentaires superflus, s'il vous plaît. Voilà une personne qui est allée chercher un enfant et l'a amené dans une partie du monde où règne une ambiguïté d'identité. Elle l'éduque sans tenir compte de cet aspect du pays. Elle fait comme si l'enfant en question était un être désincarné...

— Mais je ne me suis jamais posé la question docteur. L'enfant est nord-américain. Il a été éduqué avec de merveilleux principes chrétiens. Il s'est épanoui dans le plus merveilleux pays au monde. Des millions de gens brûlent du désir d'être à sa place. Il ne saurait être perturbé par la beauté, le progrès, la joie de vivre et l'espoir que suscite ce pays...

Tenant toujours sa tête baissée, le praticien lui coupa la parole d'une manière tellement imperceptible qu'elle se pencha pour capter la question.

— Quel pays, madame?

— Je m'en fous, cria-t-elle. Je ne suis pas venue ici plaider le contentieux Québec-Canada avec vous. Tout ce qui m'intéresse, c'est pourquoi Yann semble perturbé intérieurement? Pourquoi il n'est plus bien dans sa peau? Pourquoi il dégringole une pente en chute libre? Pourquoi les études ne l'intéressent plus? Pourquoi il s'acoquine avec une prostituée? Pourquoi il se laisse mener par le bout du nez par une fripouille qui ne lui arrive pas à la cheville? C'est votre métier, non, de chercher ces cordages qui ne tiennent plus les voiles du bateau et qui le poussent à la dérive?

— Madame, je regrette. Consultez quelqu'un d'autre.

La dame quitta la clinique du médecin dans un état pitoyable. Elle rentra chez elle et s'enferma à double tour dans sa chambre.

****

— C'est quoi tu tiens là Yann?

— Si tu ne me dis pas mon mal, je me flingue en ta présence.

Le jeune homme avait sorti de son sac à dos un revolver. Il le manipulait d'une manière tellement gauche que TOYO, qui donnait l'allure de celui qui ne se laissait intimider par rien, se cabra derrière son bureau. D'un geste précis mais lent, il s'approcha du jeune garçon et lui prit l'engin qu'il tenait maladroitement. Il le plaça dans le tiroir gauche de son bureau. Yann, recroquevillé sur lui-même, pencha sa tête sur le bureau de son ami. Celui-ci se rendit compte que la situation avait atteint son paroxysme et qu'on ne devait plus tergiverser avec des choses aussi sérieuses.

— Écoute Yann, dit-il avec une majestueuse certitude, je connais ton mal. Là où tu es rendu maintenant j'ai le devoir de t'en informer. Ton trouble vient du fait que ta mère n'a jamais voulu te dire que tu viens d'Haïti. Peut-être a-t-elle des raisons inavouables? Je ne saurais te le dire.

Le jeune homme réagit avec un intérêt soudain dans les yeux.

— Comment le sais-tu, toi? Elle n'a jamais rien dit à personne. Mon acte de naissance ne mentionne pas mon lieu de naissance. Je me suis enquis auprès des membres de la famille pour essayer de savoir la vérité. Chacun me répond que je viens des Antilles.

— C'est clair Yann qu'ils t'ont récité une leçon dictée par ta mère. Il n'y a aucun pays dénommé Antilles. Tu dois le savoir ,c'est une région, comme on dit Amérique du Nord. Tu n'es pas Antillais, tu es Haïtien!

— Je ne suis pas Haïtien. Je ne connais pas ce pays. Sinon ce que j'en ai vu à la télé, que c'est un pays sale, dégueulasse où les gens s'entre-tuent. Où ils ne peuvent pas avoir un président sans lui donner un coup d'état. Je me sentirais mal d'appartenir à un tel groupement d'individus.

TOYO sourit. Il tira d'un petit réfrigérateur une bouteille de kola haïtien. Il remplit deux gobelets et en offrit un à Yann.

— Pourquoi t'es-tu intéressé à écouter des reportages sur un endroit aussi repoussant?

Le jeune homme ne répondit pas. Il semblait prendre plaisir à déguster cette boisson d'une saveur assez fine.

— Tu n'avais jamais bu encore du kola haïtien?

— Non!

— J'ai l'impression que tu le trouves exquis hein?

— Tu ne te mets pas en tête de me faire accepter d'être Haïtien à cause de cette eau sucrée et gazeuse qui ne vaut même pas un 7up.

TOYO regarda le jeune garçon avec une expression tellement calme, tellement impassible qu'on aurait reconnu en lui un patriarche qui entendait communiquer à un jeune disciple des éléments indispensables pour atteindre un jour la sagesse.

— Écoute moi bien Yann, murmura-t-il, comme quelqu'un qui se confessait, quand mes parents ont dû abandonner ce coin de terre qu'ils chérissaient tant, je n'avais que six mois. C'est comme si j'avais pris naissance ici. Tout l'univers fantastique ou fantasmagorique de mon enfance se trouve ici. Lorsque mes parents parlaient avec nostalgie de leur pays, ils décrivaient un paradis sur un coin de terre qu'on dirait imaginaire. Avec mes deux sœurs, nous allions parfois nous réfugier dans la chambre qui nous était réservée. Nous mettions chacun un oreiller sur notre tête pour ne pas écouter leurs lamentations qui devenaient ridicules à notre entendement. Figure-toi la chance que tu as eu toi, de ne pas entendre ces mêmes ritournelles jour après jour. Mon père est un historien. Il enseignait l'histoire à l'école normale supérieure à Port-au-Prince. Tu entends! Normale supérieure!... Venu ici, pour des raisons que je n'ai jamais comprises dans toutes leurs dimensions, il se ramassa chauffeur de taxi. Il y prit goût et y resta. C'était l'époque où ici tout chauffeur de taxi de couleur était identifié Haïtien. Il faut dire, d'après les récits de mon père, que beaucoup d'Haïtiens qui allaient gonfler la cohorte des chauffeurs de taxi de Montréal, n'avaient aucune compétence. Ils ne connaissaient pas la ville. Certains d'entre eux ne pouvaient s'exprimer qu'en créole. Comme c'était arrivé avec les Italiens autrefois, les Haïtiens devinrent les boucs émissaires de tout le monde. La discrimination ne tarda pas à les faire passer pour les « bêtes noires » de l'industrie du taxi. J'ai l'impression que mon père y est resté pour mener le combat avec d'autres. Mon père a laissé son Haïti chérie, comme il dit, pour fuir la dictature car il combattait cette dictature à sa manière. Il n'avait jamais été vraiment inquiété concrètement. Son départ fut donc sa façon à lui de protester contre le système établi. Il ne pouvait pas rester indifférent devant l'abus dont ont été victimes ses camarades chauffeurs. Tu es sûr, Yann, que je ne t'emmerde pas avec ce récit?...

— Non! Ça va! Continue s'il te plaît.

— Ma mère travaillait là-bas comme sténographe-traductrice au département des Affaires étrangères. Elle alla prendre des cours ici pour se perfectionner et elle a trouvé un emploi à sa mesure dans une entreprise qui avait besoin de traducteurs. Toutefois, je ne sais pourquoi mon père a voulu faire de moi un petit Haïtien. Je me suis rebiffé. J'étais écœuré d'entendre mes parents répéter leur amour de leur pays. Je me suis révolté carrément contre certains principes qu'ils voulaient m'inculquer et qui n'étaient pas de mise ici. Je leur disais que je ne me retrouvais pas dans leur foutu pays. Que je n'avais rien à voir avec leurs problèmes de dictature. Tu as la chance de n'avoir jamais connu une telle atmosphère. Yann dans ta propre maison, c'est comme si tes parents à toi te soumettaient à un lavage de cerveau jour après jour. On voulait te visser dans la tête un patriotisme qui te passait à mille lieues au-dessus. Chez eux, on leur inculquait l'amour du pays, non pas le respect du drapeau mais l'adoration de cette bande de toile. Figure-toi, nous autres on se baigne ici dans un monde où rien ne nous est imposé. C'est comme s'il n'existe pas de drapeau dans ce pays! Connais-tu le drapeau d'ici toi?

Yann sorti d'une sorte de rêverie dans laquelle le plongeait le récit de TOYO, bégaya...

— Euh! Euh! Euh!...

— Il n'y en a pas! Il faut voir mes parents quand il parle de leur drapeau pour conclure qu'ici il n'y a pas de drapeau. Sauf que nous étions révoltés contre ce pays. Quand ils se sont débarrassés de leur dictature à répétitions, ils ont fêté. Beaucoup d'entre eux, dont mon père, ont eu le temps de faire leurs mallettes pour le grand retour. Ils ont donné des shows de danse de retour devant les caméras de télé. Mes sœurs et moi avons connu des nuits de cauchemars à la seule idée de retourner dans ce pays. Nos résultats scolaires ont connu des dégringolades effarantes. Ce fut l'enfer à la maison. Ce qui nous avait traumatisés au plus haut point était le fait que l'euphorie dura le temps d'un feu de paille. Il fallait recommencer la lutte mais cette fois, ici même, à Montréal. Manifestations après manifestations, la mobilisation comme ils disaient prenait le caractère « manche longue »...

— Quoi?

— C'est une expression créole qui signifie que la permanence avait été décrétée. Les manifestations devaient, d'après eux, faire bouger les choses là-bas. Alors, notre calvaire commença. Mon père n'entendait pas que ses enfants restent indifférents à ce combat pour la démocratie et la liberté. Nous devenions ce qu'ils appelaient dans leur langage « des diplomates bétons ».

Yann ne put s'empêcher de rire. Lui qui était en train de se plonger dans une réalité qu'il ne soupçonnait pas et qui l'avait complètement accaparée.

— Comment dis-tu?

— Ah! Ah! Ah! Tu réagis drôlement n'est-ce pas? « Diplomate béton » c'était toute personne qui allait manifester régulièrement dans la rue. Neuf fois sur dix quand on voyait un groupe de Noirs manifester dans les rues de Montréal c'étaient des Haïtiens...

— Ils revendiquaient quoi?

— Rien!

— TOYO! Tu me niaises!

— Ah! Ah! Ah! Ils ne revendiquaient rien pour leur communauté d'ici. Tout était en fonction d'Haïti. Ils croyaient, dur comme fer, qu'en tenant des manifestations dans les rues de Montréal, ils régleraient la situation en Haïti. Nous autres, tu comprends, on ne l'entendait pas de cette oreille. Nos parents nous traitaient comme si nous étions des renégats. Comme si nous avions trahi quelque chose. Quand nous leur faisions comprendre que nous ne pouvions pas ressentir cette ardeur patriotique qui les hantait, ils étaient très peinés et ça nous mettait mal à l'aise. Parfois, on y allait pour apaiser les tensions dans la maison. Mais quand le thermomètre indiquait 10° ou 15° sous zéro nous refusions catégoriquement d'y aller...

— Hein! À 15° sous zéro, ils allaient manifester pour quelque chose d'imaginaire? TOYO, je ne veux pas te croire...

TOYO se leva et se mit à tourner en rond dans ce qu'on pouvait appeler « son bureau ». En même temps qu'il débitait son récit, il avait l'impression d'apaiser ce jeune homme qui n'avait pas connu la même réalité que lui mais qui, peut-être, était en train de découvrir un monde nouveau. Il se sentit important et décida de continuer à faire le tour du jardin en compagnie de son hôte...

— C'est peut-être ça l'imaginaire! Ce sont des gens tellement imprévisibles dans leurs faits et gestes qu'on peut douter qu'ils ne soient pas constamment dans un monde éthéré. Figure-toi, des individus qui ont grandi, pour la plupart, dans ce pays tropical et qui vont manifester, sous une telle température, pour avoir la démocratie et la liberté individuelle dans ce pays. Ils n'ont aucun intérêt immédiat, palpable. Ils font ça par amour de leur pays. Tu donnes à ces mêmes individus le pouvoir et ils oublient tout. Ils se transforment en dictateurs. Celui dans le groupe qui arrive à être président veut être adoré par tout le monde...

— Veut être aimé de tous, TOYO, pas être adoré!

— Être adoré, te dis-je!... La bizarrerie chez eux? Chacun veut être président. Rien que pour se faire adorer. Ce sont des gens fous du culte de la personnalité... Tu comprends maintenant pourquoi j'avais décroché, mon cher Yann. Une de mes sœurs avait aussi posé le même geste. Mon père a voulu nous mettre à la porte. Ma mère s'y était opposée. Il y eut palabres et discussions sans arrêt jusqu'au jour où... Non vaut mieux que je m'arrête ici...

Le jeune homme remarqua la transformation qui s'était opérée chez son ami TOYO durant ce récit. Il ne comprenait pas pourquoi celui-ci voulait brusquement mettre fin à ce long monologue. Il perçut une certaine tendresse qui se dégageait de cette confession improvisée. Toutefois, il se sentit soulagé et en même temps assis sur du charbon ardent... TOYO ne lui avait pas encore tout dit...

— Pourquoi veux-tu arrêter ton récit aussi précipitamment?

— J'ai l'impression que je suis en train de te donner des arguments solides pour ne pas te sentir Haïtien. Tu sais, moi au début je m'en foutais. Bien entendu, enfant quand mes petits camarades me criaient « noirot », je pleurais. Quand, un peu plus âgé, certains me lançaient de retourner dans mon pays, je pleurais ou je m'enrageais contre eux. Je me bagarrais aussi. C'est à cette époque que je suis devenu le leader d'un groupe qui mettait en pratique la maxime « œil pour œil dent pour dent ». Ce groupe fut connu sous le nom de « gang à

TOYO ». J'ai gagné ainsi mon respect. À la différence de toi, mes parents me donnaient des armes psychologiques qui m'aidaient à combattre ce genre de comportement ridicule de la part de certains. Étant également Noirs, ils pouvaient s'offrir en exemple pour nous valoriser. Ils n'avaient pas besoin d'aller chercher des échappatoires...

— Comme « moi j'ai le cœur blanc »...

L'intervention du jeune homme semblait toucher « le leader » dans sa sensibilité envers son protégé...

— Excuse-moi, Yann, dit-il avec amabilité, je ne voulais pas te froisser. Tu vois comment c'est délicat dans le domaine des sentiments humains. Tu comprendras pourquoi ce fut tellement difficile pour mes sœurs et moi d'accepter cette espèce d'anathème que nos parents nous jetaient. Cette attitude m'avait incité à me précipiter tête première dans la délinquance. Je devins ce genre de « bum » qui contestait tout. L'école pour moi était d'une platitude désespérante. Je faisais voir les quatre jeudis dans une semaine à mes professeurs. Je les traitais de racistes pour un oui ou un non. Je perturbais les cours avec une satisfaction délirante. On voulait m'amener chez des psy, je refusais. Je menaçais de me suicider si on me parlait de thérapie. Je bûchais les copains et copines pour la moindre contrariété.

Un beau jour à l'occasion d'une manifestation j'ai pris la tête de ma « gang » et je l'ai incitée à faire de la casse. Nous avons brisé des vitrines de magasins comme des enragés. Je fus arrêté. On me trouva coupable. On me condamna. J'étais mineur. On m'enferma dans une institution pour jeunes délinquants. J'échappai de justesse au renvoi en Haïti...

— Quoi, s'étonna Yann. On allait te retourner en Haïti? Tu m'as dit être arrivé à l'âge de six mois?

— Le délinquant quel que soit son âge ou sa nationalité qui n'a pas obtenu la citoyenneté canadienne est sujet au renvoi dans son pays d'origine. Mes parents, dans leur obstination d'expédier là-bas un colis appelé « démocratie », ne s'étaient pas souciés de nous faire obtenir la citoyenneté canadienne. Mon père, qui n'a jamais pris la citoyenneté non plus, trouvait qu'on vivait très bien en tant que résident permanent. Il a fallu donc cet événement pour qu'il se sorte de son rêve de redresseur de pays. Il promit de m'offrir un encadrement plus adéquat à ma sortie d'institution.

— Donc, tu as fait de la prison?

Yann sembla sorti de ce monde ouaté dans lequel il vivait pour se rendre compte de la distance qui le séparait de son copain.

— Si tu veux, dit celui-ci, dès qu'on est enfermé et qu'on n'a plus la liberté d'aller où l'on désire se rendre à sa guise, on peut dire qu'on est en prison. Toutefois, l'expérience fut enrichissante pour mon équilibre mental. C'est là que je fis une découverte bizarre...

TOYO s'arrêta comme si le rappel de ce temps où il s'agitait entre quatre murs restait gravé définitivement dans sa mémoire...

— Je voyageais dans ma tête. Je n'arrêtais pas de me fabriquer un monde à la mesure de mon être...

— Ta découverte TOYO? Je veux que tu me dises ta découverte?

TOYO sourit. Il sentit la moutarde lui monter au nez. Il voulait précipiter son jeune copain dans cet univers mystérieux qu'il avait eu l'opportunité de visiter une nuit...

— La lune resplendissait au dehors. J'étais assis sur le rebord d'une fenêtre et je contemplais le ciel teinté d'étoiles les unes plus brillantes que les autres. À un moment de la durée, je cherchais à repérer la Grande Ours... pas la petite, je ne sais pourquoi... Les barreaux qui limitaient mes pas et me forçaient à tourner en rond dans ma cellule, rendaient à ma pensée toute la volatilité désirée pour me plonger dans l'irréel... Alors, arriva une chose extraordinaire. On dirait que je visionnais, dans le petit triangle de ciel que mes yeux pouvaient s'accaparer, des mots que mon père me répétait quand justement je venais lui dire que mes petits copains me traitaient de « noirot » ou bien lorsque des camarades de classe m'indiquaient le chemin du retour au pays. Alors, il en profitait pour m'entretenir de ce pays dont il ne me parlait jamais quand il revenait de son pèlerinage de « diplomate béton ». Figure-toi, Yann, je te jure que j'avais entendu sa voix. Il m'avait dit : « Sais-tu TOYO c'est un endroit où chaque artiste recrée le monde à sa façon. Ce qui fait l'originalité de sa peinture, par exemple, c'est la vision claire et directe de la personne qui peint la réalité en y introduisant en même temps le sacré et le profane. »

À vue d'œil, TOYO se transformait en rappelant ces souvenirs comme s'il était marqué par ces événements...

— Mon père prenait mes deux mains dans les siennes et les serrait fortement comme s'il me communiquait quelque chose d'indélébile. Comment dire, insistait-il, par quelle alchimie mêlant le passé au présent, les origines perdues aux rêves, les souvenirs aux fantasmes, les artistes de tout acabit parviennent à tirer des visions stupéfiantes à partir de tels matériaux de gens pauvres et isolés? La pauvreté n'est que physique pour ce peuple. Ce sont des gens qui se gavent de contes et de légendes. Je ne connais pas, ajoutait-il, un peuple qui en ait une plus riche moisson. Leur imagination a inventé plus de drôleries, de bonhomie, de malice et de sensualité dans ses contes et dans ses légendes. En tant qu'historien, il me disait qu'il est possible de découvrir dans les éléments constitutifs de leurs contes des survivances lointaines de la terre d'Afrique autant que des créations spontanées et d'adaptations de légendes gasconnes, celtiques ou autres. Les conteurs sollicitent le mystère de la nuit comme pour ouater à dessein le rythme de la narration et situer l'action dans le royaume du merveilleux. En amalgamant dans un bouillon de faits l'épopée, le drame, le comique et la satire, les gens de ce coin de terre en arrivent à exprimer un état d'âme où la nature, dans ses contradictions, est mise en scène. Les individus jouent quotidiennement un rôle où paroles et gestes reflètent un caractère de symboles. On s'exprime là-bas en sentences et en paraboles. On singe celui qu'on appelle « le fin finaud » c'est-à-dire, pour te faire comprendre dans le langage d'ici, « le Jo connaissant ». On l'appelle également « shelbè »...

Yann était non seulement suspendu aux lèvres de son grand ami mais il le voyait sous un angle différent. Il découvrait un poète ou un littérateur. Il demeurait entendu que TOYO se remémorait les événements passés qui avaient profondément bouleversé sa vie mais il déclamait si bien ces péripéties qu'on aurait cru qu'il les inventait au fil de son imagination fertile.

Le jeune homme s'efforça même de respirer avec une sourdine dans le nez pour ne pas déranger ce moment d'intimité que son interlocuteur entretenait avec sa propre personne. Il attendit patiemment que celui-ci reprenne sa confession...

— Ce soir-là, je me suis réconcilié avec mon père... Non!... Je ne l'avais pas appelé au téléphone. D'ailleurs, il n'aurait pas pris le récepteur. Je lui ai écrit une lettre. Une longue lettre. Disons plutôt un journal intime. Je ne lui avais pas demandé de me pardonner pour le chagrin que je lui avais causé. Je lui ai seulement dit que j'avais entendu sa voix. Que je comprenais son mutisme. Que j'appréciais maintenant seulement une certaine force faite de patience, de résignation et même de fanatisme chez son peuple.

TOYO se taisait. Il se vida un autre gobelet de kola. Il en offrit à Yann qui lui fit un signe négatif de la tête. Il soupira profondément et reprit son récit...

— Personne n'était jamais venu me voir depuis six mois que je croupissais à l'intérieur. C'est un autre trait de ces gens. Tu entres en prison. Tu mérites ton châtiment. Débrouille-toi avec tes troubles. Ça leur fait mal, figure-toi! Mais ils ne viendront pas te voir. Tu leur as fait honte. Ils n'étaient pas venus avec toi dans ce pays de glace pour te voir finir en prison. Tu as constitué un échec personnel pour eux. Ça m'avait beaucoup attristé que personne ne vienne s'enquérir de mes angoisses intérieures. Toutefois, je n'ai jamais pardonné à mes sœurs d'avoir eu un tel agissement envers moi. Surtout celle qui avait décroché, comme moi...

Quinze jours après l'envoi de mon journal une surprise!

Mon père m'annonça qu'il viendrait me voir. Il m'accorda vingt minutes. Derrière la grille, il ne m'a jamais regardé. J'ai eu le temps de lui expliquer qu'il pouvait déchirer l'engagement signé en ma faveur. Que désormais, j'étais un homme... et surtout un homme nouveau. Dès ma sortie, lui avais-je annoncé, je présenterai un projet mûrement réfléchi à qui de droit. Alors seulement, il a soulevé sa tête. Son regard a croisé le mien. J'ai cru apercevoir un certain scepticisme. Ça ne m'avait nullement dérangé. Des larmes imperceptibles mouillaient ses yeux. Il m'avait dit tout bas « ta mère te fait dire bonjour »...

TOYO se tut à nouveau. Il se mit à tourner en rond dans son « bureau ». Il se demandait en lui-même quelle force inconnue l'avait poussé à se confier à ce jeune homme qui venait tout juste de franchir ce qu'on appelle ici la majorité. Il se gardait toujours de s'ouvrir aux autres membres de la gang. Après tout, ce petit bourgeois materné par une femme qui faisait de lui sa chose pouvait-il appréhender le but secret qu'il poursuivait? Toutefois, son pied se trouvait déjà pris dans l'étrier...

— Au moment où il prenait congé de moi, après avoir jeté un coup d'œil sur sa montre bracelet, j'avais le goût de lui crier : « Papa prends-moi dans tes bras, même à travers la grille. » Il avait déjà disparu. J'ai refoulé mes larmes pour ne pas me faire dire par les autres que j'étais une poule mouillée. Alors, se superposa devant mes yeux une peinture de mon cousin de New-York. Ce dernier, arrivé dans cette mégalopole à l'âge de trois ans, confie à la peinture sa pensée secrète. Il n'avait jamais voulu m'expliquer une toile en particulier. Il me disait toujours : « Découvre toi-même ce qu'il y a dedans. » Ce soir là, j'ai compris alors toute la tragédie de ces gens constamment à la recherche d'un lieu qui leur échappe. J'ai compris que mon cousin ait déjà conclu que même en Antarctique, l'élément haïtien est marqué par le stigmate de cette histoire incommensurable. Inutile de bluffer... Une fois au dehors, je suis allé terminer ma cinquième secondaire. Je me suis inscrit au cours pour adultes. Je dois te dire que ce ne fut pas trop pénible. Non seulement, j'étais convaincu que je devais obtenir mon diplôme mais je tenais à mettre en pratique le projet concocté durant mon séjour en institution. Tu vas savoir maintenant pourquoi je possède un bureau ici et que je ne suis pas obligé de me rendre aux cours...

TOYO s'arrêta brusquement et fixa le jeune homme. Il resta ainsi pendant une bonne minute. Ce dernier ne savait quelle attitude adopter. Il ne connaissait pas assez son nouveau copain pour harmoniser sa réaction en fonction de ses sautes d'humeur. Le leader grimaça un petit sourire. Yann fut rassuré car chaque fois que TOYO le gratifiait de ce rire timide, il paraissait si charmant qu'on lui aurait donné le Bon Dieu sans confession...

— J'ai présenté mon projet à trois cégeps. C'est ici qu'on m'appela. Je me suis mis à table. J'ai déballé non seulement mes idées mais aussi mon enthousiasme. N'oublie jamais ça, Yann! Quand tu veux vendre quoi que ce soit, mets-y ton enthousiasme. Parfois c'est plus important que l'objet concret lui-même. Les trois membres du comité qui m'écoutaient religieusement ont démesurément ouvert grand leurs yeux quand je leur ai expliqué pourquoi je préconisais dans mon projet « l'agent de couloir »...

— Hein! C'est quoi cette affaire-là, s'étonna Yann?

— Ils ont eu la même réaction que toi! Tu vois, il y a des gens, hommes et femmes, qui sillonnent les rues de Montréal pour faire de la prévention directe auprès de jeunes. Je me rappelle la première fois que l'un de ceux-là, un Noir, a voulu m'aborder j'ai failli lui entrer un couteau dans les côtes. Il n'a pas insisté mais il m'a regardé avec un sourire que j'ai analysé quand j'étais enfermé. Alors, je me suis dit pourquoi ne pas introduire dans un cégep ce que j'appelle « l'agent de couloir » qui travaillerait en milieu collégial...

— Mais TOYO, on est déjà adulte au cégep! C'est trop tard pour la prévention...

— Ah! Ah! Tu aurais pu trouver ta place dans le comité. Ils m'ont dit la même chose. D'abord, il n'est jamais trop tard pour bien faire. Ensuite, mon projet consistait à former des agents multiplicateurs...

— Encore une affaire pas tout à fait claire!

— Simple pourtant. Je sensibilise de jeunes cégépiens à la situation des plus jeunes de notre communauté. Je leur donne les armes psychologiques capables de les aider à convaincre des jeunes de secondaire II et III de ne pas prendre la voie de la délinquance. C'est en troisième secondaire que ça se passe Yann. Tu n'as pas connu les vraies affaires, toi. Tu as fréquenté une école où les nantis envoient leurs progénitures. Ce qu'on appelle communément des « fils à papa ». Toi, tu es un « fils à maman » Ta bourgeoise de mère...

Voyant le navrant désappointement qui barrait la physionomie du jeune homme, TOYO ne continua pas sa phrase. Il se contenta d'aller s'asseoir et d'enfouir son visage entre ses deux mains. Yann, de son côté, se posa la question secrètement. Pourquoi son admirable ami revenait tout le temps sur la fortune de sa mère? Il se demanda si, au fond, ce dernier n'avait pas une jalousie latente contre toutes les personnes qui possédaient un peu d'argent. Il libéra son subconscient en posant à brûle pourpoint la question...

— Es-tu marxiste, toi?

TOYO darda sur son interlocuteur un regard plus ou moins féroce.

— Je ne réponds pas à cette question. Et le moment est mal choisi... Si tu penses que chaque fois que je dis quelque chose qui ne te plaît pas, je vais me courber devant toi pour t'exprimer mes plus plates excuses, tu te leurres. Je n'ai pas l'habitude d'agir ainsi.

— Excuse-moi TOYO, je ne voulais pas te faire des remontrances...

— Mais tu m'as interrompu dans mon récit. Ne recommence plus!

Yann ne pouvait vraiment pas décortiquer ce bonhomme. Tandis que celui-ci était en train de lui montrer son côté humain et sa sensibilité, il passa sans transition à une sorte de violence voilée suite à une question. Il se leva comme pour prendre congé mais TOYO le rassit assez vivement sur la chaise.

— Tu ne t'en vas pas! Tu vas m'écouter jusqu'au bout... Tu seras, toi aussi, agent multiplicateur. Je vais te fournir ce qu'il faut pour porter les jeunes du secondaire, de notre communauté, à rester à l'école...

— Je ne veux pas être travailleur de rue, moi!

— Tu vas l'être. C'est le premier geste que tu vas poser pour ton pays.

— Quel pays?

— Haïti c't'affaire!

— Je ne suis pas Haïtien, je te dis. Je ne connais pas ce... ce... ce...

TOYO ramassa ses deux poings et menaça sérieusement le jeune homme. Celui-ci d'un geste instinctif se recroquevilla sur sa chaise.

— Ce... Ce... quoi? hurla TOYO qui bavait quasiment...

Devant le désarroi de ce jeune adulte pris entre deux feux ou deux camps, le leader se contint. Il regagna sa place. Il remit sa tête entre ses deux mains. Il sembla planer très loin de ce bureau situé au rez-de-chaussée de ce cégep du nord de Montréal...

Il se revoyait se rebiffant devant les insistances de son père qui voulait l'entraîner de force dans ces manifestations pour exporter une manière de faire dans un pays bizarre. Il se rappela comment ce fut pénible pour lui et ses sœurs. N'était-il pas en train de reproduire, avec cet innocent jeune homme, le même schéma? Était-il responsable des circonstances qui l'ont amené ici? Comment pouvait-il se reconnaître au sein de ce monde? Lui au moins, il a entendu son père ressasser avec des amis venus à la maison la vie des précurseurs et des fondateurs de la nation haïtienne. Même si, dans le temps, il « tripait » sur Malcom X, il peut débiter d'un trait les noms des TOUSSAINT LOUVERTURE, DESSALINES, PÉTION, CHRISTOPHE ainsi que DOM PEDRE, MACKANDAL,

ROMAINE-LA-PROPHÉTESSE. Il a entendu moult légendes sur des prouesses surhumaines de ces héros. Il savait comment l'imagination populaire en a tiré des fables fantastiques et même, quelques-unes des plus farouches superstitions de ce peuple. Il a entendu parler ce savoureux créole qu'il détestait au début comme signe d'infériorité. Aujourd'hui, il savait que contes et légendes ont trouvé dans le langage créole un mode d'expression d'une finesse et d'une acuité de pénétration tout à fait inattendue. Il était imbu du fait que cette langue constitue une création collective émanée de la nécessité qu'éprouvèrent jadis maîtres et esclaves de se communiquer leur pensée. Elle porte par conséquent l'empreinte des vices et des qualités du milieu humain et des circonstances qui l'ont engendrée. Elle demeure un compromis entre les langues déjà parvenues à maturité des conquérants français, anglais et espagnols et des idiomes multiples, rudes et inharmonieux de multitudes d'individus appartenant à des tribus ramassées de toutes parts sur le continent africain et jetés dans la fournaise de St-Domingue... Pauvre Yann... Avoir tant d'éléments sur sa tête et être ignorant de tout, ce n'était plus possible.

— Je ne te forcerai pas Yann à être agent multiplicateur. Tu vois, je me tiens assez souvent à la bibli. C'est étonnant pour plusieurs. J'apprends. Je dévore les bouquins. Malgré tous les progrès technologiques en matière de communication c'est dans les livres qu'on trouve le ferment de la réflexion. Le soir, je prends des cours de philo et de psychologie. J'essaie de comprendre le rôle que je me suis donné. Si je subis un échec, ce n'est pas seulement pour moi mais pour toute la communauté...

— Pourquoi parles-tu de communauté tout le temps? Ça sent le sectarisme. Ça sent la non-intégration dans ce milieu où tu es appelé à évoluer, à faire ta marque, à réussir...

TOYO sourit comme si son interlocuteur était la énième personne qui lui faisait la même remarque.

— Yann, comment veux-tu t'intégrer dans un groupe si tu ne sais pas d'abord qui tu es. Tu as déjà entendu parler de racines, il y a des gens qui n'y croient pas. Ils disent que là où tu gagnes ta vie c'est ta patrie...

— C'est vrai, dit Yann enthousiaste. Le reste c'est du sentimentalisme.

— Je vais te raconter une petite anecdote. Il y avait deux grands arbres l'un à côté de l'autre. Ils étaient d'une hauteur appréciable. Leurs feuilles étaient vertes et flottaient au vent. Elles conversaient toujours de choses qui concernaient l'espace qu'elles voyaient d'en-haut. Un jour, un groupe de feuilles de l'arbre à droite vint à parler des racines à un groupe de gauche. Celles-ci d'un air hautain disent à celles-là : « On ne parle pas de ces racines que nous ne voyons pas et qui sont enfouies dans la terre. C'est trop loin de nos préoccupations. » « Pardon, reprirent les premières, si ces racines n'étaient pas justement enfouies dans la terre pour nous envoyer la sève qui doit nous nourrir nous ne serions pas ici en train de converser... » Tu réfléchiras là-dessus...

Je dois t'annoncer dès maintenant que je t'emmènerai chez mon oncle Clément à New-York...

Yann laissa le « bureau » de son ami, la tête pleine de toutes sortes d'idées. Il n'avait pas le goût de demander à ce dernier les tenants et aboutissants de cette déclaration. L'essentiel, s'il devait se rendre à New-York, il prendrait la décision en connaissance de cause. Pour le moment, la mégalopole américaine ne l'attirait pas. S'il n'avait pas repris le revolver laissé dans le tiroir du bureau de TOYO, c'était que celui-ci lui avait dit assez de choses pour le convaincre de ne pas passer à un acte aussi désespérant. Il remarqua qu'auprès de TOYO, sa barque de vie avait glissé sur une mer de velours. Il soupesa le fait que son ami vivant avec des parents biologiques connaissait des difficultés pires que les siennes. Un doute, pourtant, ne cessait de ronger son intérieur comme si le baume du cas de TOYO n'était qu'un cataplasme sur une jambe de bois. Il décida d'affronter, une fois de plus, celle qui se trouvait à la base de cette angoisse profonde...

****

— Vous êtes allée me chercher où mamie?

— Tu te laisses enivrer par les belles paroles de TOYO. Ce vaurien veut te faire croire à un tas de choses merveilleuses à propos d'un pays en particulier. Tu viens des Antilles. Contente-toi de ça. Je ne te dirai pas autre chose...

Le jeune homme attendit que les autres membres de la famille vident la maison pour affronter sa mère. Il fallait spécifier que depuis quelques mois l'atmosphère était tellement empoisonnée entre tout le monde que Benoît avait décidé d'aller vivre en appartement. Ce geste eut pour conséquence de mettre le mari et sa femme quasiment dos à dos. Celui-ci avait menacé d'aller habiter avec son garçon si sa femme ne s'efforçait pas de régler le problème de fond avec Yann. Quand il la menaça de révéler au jeune garçon son pays d'origine, sa femme piqua une crise et fut à nouveau hospitalisée à cause de cette inqualifiable attitude. Toutes les discussions qu'il eut avec elle pour lui faire comprendre que ce serait mieux pour tout le monde qu'elle avouât à son fils son pays d'origine, rien n'y fit. D'autres membres de la famille entrèrent dans la danse. Chacun imaginait le scénario qui serait plus approprié pour ne pas traumatiser le jeune garçon. Chaque fois que quelqu'un avançait son plan, la mère tremblotait suivant le cynisme qu'elle croyait déceler chez chacun. Elle devint carrément hystérique. D'un commun accord, la femme et son mari firent chambre à part. Ce dernier tarda de plus en plus à entrer à la maison après son travail. À cet endroit où, autrefois, il existait une harmonie de paix et de sérénité, les journées devinrent mornes et lugubres. Les gens ne se parlaient plus. Les trois autres enfants en prirent leur parti. Ils s'amenaient à la maison quand ils savaient que leur mère était déjà couchée. Fort souvent, cependant, ils la voyaient près d'une fenêtre surveillant la venue de Yann. Ils ne pouvaient apporter aucune solution à la détérioration de cette situation. Pour leur mère, ils haïssaient le jeune homme à cause de l'affection qu'elle lui accordait. Celle-ci ne voulait jamais admettre qu'elle avait exagéré son attachement à Yann. Les enfants ne savaient vraiment pas de quel pays venait leur frère adoptif. Quand leur mère leur avait dit les Antilles, ils crurent dans la parole de celle-ci et ne cherchèrent jamais à en savoir plus long. D'ailleurs, pourquoi auraient-ils fendu leurs méninges en quatre pour une chose aussi simple? Ils croyaient dur comme fer aux paroles de leur mère. Yann ne devait pas être différent d'eux autres. Donc, le lieu de naissance de l'enfant ne devrait jamais être évoqué. Ce fut un sujet tabou. Par ailleurs, les Antilles existaient bel et bien. C'est pourquoi les autres enfants se trouvaient pris dans un dilemme moral qui les torturait. D'un côté, Yann croyait qu'ils connaissaient ce foutu pays des Antilles. De l'autre, la mère les soupçonnait d'encourager le jeune homme dans sa quête de pays. Celui-ci découchait de plus en plus. La mère menaça de lui enlever la voiture. Il la brava le jour même en laissant le véhicule dans la cour et en allant à Montréal en autobus. Il prit l'habitude de regagner sa demeure vers les cinq heures du matin. Il ne pouvait pas expliquer à son accapareuse de mère que, désormais, il jouait le rôle de travailleur de rue à Montréal. Qu'il posait ce geste comme le premier jalon de son intégration à la communauté haïtienne. Toutefois, la mère entendit fort souvent, un magnétophone qui jouait à répétitions des dialogues entre des gens. Elle s'énervait de ne pas pouvoir entrer carrément dans la chambre pour écouter ce galimatias. Elle crut que Yann mettait le volume de l'appareil assez fort pour la défier. Elle soupçonna que son garçon était en train d'apprendre une langue ou du moins un patois. Un jour, en prêtant attention près de la porte, elle reconnut deux mots en créole qu'elle avait entendus lorsqu'elle s'était rendue en Haïti chercher l'enfant. Elle éclata en sanglots mais fit attention que le jeune homme ne l'entendisse pas. Depuis lors, elle imagina toutes sortes de scénarios pour extraire Yann de l'influence du démon TOYO. Elle imaginait de l'envoyer en Suisse terminer ses études dans un collège sophistiqué pour fils et filles de riches. C'était pourquoi elle avait décidé d'exposer son idée à son garçon dès que celui-ci manifesterait le désir de lui parler...

— Bientôt tu n'auras plus à me poser ces sortes de questions dénouées de tout bon sens.

— J'comprends pas mamie. Vous trouvez que cette question n'a aucun bon sens. Je veux savoir d'où je viens?

— J'ai déjà répondu à cette question. Tu viens des Antilles. Voilà!... L'affaire sérieuse dont j'ai à t'entretenir va répondre à tes désirs. Je te propose de t'envoyer en Suisse. Là, tu seras loin d'un tas d'influences nocives pour toi. Tu iras dans un vrai établissement scolaire.Tu pourras te retrouver dans ton cheminement scolaire. Même si tu reprends une année, ce qui est possible puisque tu ne remets rien dans cette boîte, tu pourras au moins réfléchir, en toute sérénité, sur ton avenir. Voici les prospectus. Tu verras que les conditions sont très flexibles. Bien entendu, tu pourras loger dans une résidence du campus ou aller ailleurs...

— Ne continuez pas, mamie. Vous allez précipiter mon départ non pas pour la Suisse mais pour New-York...

La mère de Yann porta sa main à sa tête...

— Pour New-York, dis-tu. Que vas-tu chercher à New-York? Yann veux-tu ma mort?

Chaque fois que cette dame était acculée au mur par des événements circonstanciels, elle évoquait sans coup férir sa mort pour porter le jeune garçon à reculer. Cette fois-ci son manège ne marcha pas.

— Si tu meurs, on va t'enterrer mamie! C'est simple.

La dame éclata en sanglots comme d'habitude. Elle se mit à trembloter. Yann ne s'émut pas plus qu'il en faut. Il attendit que la crise passe...

— Si vous ne me dites pas d'où vous êtes allée me chercher, je m'en vais à New-york avec TOYO...

— Je le savais que ce démon était en dessous de tout ça!

Sûrement Linda ira aussi. Vous allez organiser un concours d'orgies sexuelles avec alcool et drogues. Il ne restait que ce pas à franchir. Montréal est devenu trop minuscule pour vos activités. Sois sûr d'une chose mon garçon, je ne lèverai pas le petit doigt quand tu seras pris en compagnie de TOYO dans le trafic de la drogue. Tu iras croupir en prison et tu pourras y réfléchir et peut-être tu comprendras les efforts que j'ai poursuivis pour t'éloigner de ce genre de communauté...

Le jeune homme fronça les sourcils. Il regarda sa mère bien dans les yeux...

— Pourquoi avez-vous dit « ce genre de communauté »?

La mère un peu décontenancée par cette question inattendue se ressaisit immédiatement...

— Je... Je veux dire des gens de la gang de TOYO. Ils viennent d'une communauté, ce monde-là. Tu ne vois pas qu'ils sont sectaires. Qu'ils se tiennent entre eux. Qu'ils baragouinent un dialecte incompréhensible.

— Pardon, le créole n'est pas un dialecte. C'est une langue. C'est normal qu'elle soit incompréhensible pour les gens qui ne l'ont pas apprise.

— Tu défends le créole maintenant. Toi qui parles un français impeccable. Yann, tu t'enfonces dans un gouffre où tu ne pourras plus en sortir mon garçon. Tu ne m'as jamais entendu parler à la maison d'aucune race ou groupement humain inférieur. Jusqu'à maintenant, je demeure convaincue que la notion de race n'existe pas. Il y a des gens différents c'est tout. Cela étant dit, pourquoi sens-tu le besoin de t'allier à ces individus-là qui n'ont rien d'autre à t'apporter que leur vaudou. Je t'ai élevé dans le christianisme qui constitue une formidable boussole pour un être humain. Peux-tu me citer quelque chose où il y a plus de sagesse que ces préceptes? La conscience est le centre le plus secret de l'individu, le sanctuaire où il est seul avec Dieu et où sa voix se fait entendre. Je ne te défends pas, comme quelqu'un qui a été formé dans la morale chrétienne, d'aimer ton prochain. De là à te laisser mener du bout du nez par cette crapule qui lorgne sans doute déjà vers la partie d'héritage que je vais te léguer, il y a nuances...

Yann s'était senti rivé au plancher par cette assertion de sa mère. Il se demanda si l'affection sans limite que cette dernière lui vouait lui avait enlevé tout sens de la mesure que quiconque ne devait pas franchir. Il allait répliquer mais il ne savait plus quoi dire pour percer cette carapace dont cette femme s'était habillée pour combattre l'illusion. Elle était en train de se détruire mue par une idée fixe sur un individu qu'elle ne connaissait pas. Yann avait appris à la maison le respect de la personne humaine dans toute sa dimension. Sa mère lui avait toujours martelé dans la tête que la famille constituait la cellule première et vitale de toute société. Pourquoi entendait-elle combattre avec la dernière rigueur cette cellule qu'il voulait intégrer, poussé par une force imposante dont il ne pouvait contrôler la pulsion? À l'intérieur de son corps se jouait une partition dont la mélodie lui échappait. Il ne savait quelles expressions employer pour faire comprendre à sa mère que la voie choisie pour le porter à être cet individu sans forme ni couleur était la mauvaise. Il était conscient et même convaincu que le geste posé par celle-ci, dans le temps, se trouvait en parfaite harmonie avec sa conscience. Ce serait lui donner le coup de grâce du condamné à mort que de lui parler à cœur ouvert. Comme la conversation se déroulait dans le vestibule attenant à la salle à manger, il alla se verser un verre d'eau et en offrit un à sa mère. Celle-ci accepta et invita son garçon à s'asseoir à côté d'elle sur le canapé. Elle commença à lui passer la main sur la tête et sur son estomac...

— Pourquoi, mon petit chéri, vas-tu trouver une prostituée? Elles sont perverses, ces femmes-là. Elles ne peuvent que t'apporter maladies et misères. Elles constituent dans leur essence même un certain mal, une démesure, une honte sinon un péché. La sexualité, et l'acte sexuel en particulier, est langage et engagement, puisque la sexualité est force de rencontre, elle est gratifiante dans l'acte conjugal qui acquiert ainsi sa pleine moralité. Cette pensée hédoniste que ta prostituée veut te faire gober se trouve à l'antipode de la morale chrétienne qui a bercé ton enfance. Que va-t-il te rester après avoir joui du coït? Il demeure entendu que la sexualité est lumière et ombre. Elle est à la fois lumière et ombre, lueur de ténèbres et de vérité, source de libération comme d'avilissement. Tu as fait de la physique, tu sais très bien que l'énergie a besoin d'être aménagée et canalisée. De même, l'instinct sexuel a besoin d'être intégré et donc discipliné. Les pulsions ont besoin d'être maîtrisées. Ce n'est pas avec une femme de ce calibre que tu vas t'épanouir sexuellement dans le sens spirituel du mot...

Le jeune garçon estima que la voix de sa mère avait pris une tangente trop tremblante, trop suppliante, trop séduisante même. Il se leva, car la façon dont elle passait et repassait sa main sur son corps lui rappela insidieusement les gestes de Line. Son trouble décupla car il n'appréhendait pas la dimension de l'affection que cette femme lui prodiguait. Etait-ce des caresses acceptables de la part d'une mère? Connaissant le degré de moralité élevée de celle qui l'avait choisi pour fils, il chassa promptement cette idée malsaine de sa pensée. Il n'en demeura pas moins gêné devant ces manifestations ambiguës de sa mère. Comme il s'était levé brusquement à côté d'elle, le geste apparut méprisant pour cette dernière.

— Tu refuses même mon affection, mon garçon. On voit bien que la tigresse a définitivement laissé ses marques tant sur ta chair que sur ta conscience. Je pense que nous n'avons plus rien à nous dire...

Elle se dirigea vers sa chambre. Yann jeta quelques effets dans un sac à dos. Il ferma sa chambre à clé. Il regarda la voiture, secoua sa tête comme pour chasser l'idée qui y passa et se rendit à la station d'autobus...

****

— Je te jure TOYO que je n'ai pas volé cet argent. Dernièrement, ma mère ne pouvant plus tenir sa menace était allée déposer deux mille dollars dans mon compte personnel.

— T'as pas besoin de jurer. Je te crois.

Une fois de plus le jeune homme se retrouvait dans le « bureau » de TOYO. Il avait raconté à celui-ci, de fil en aiguille, sa récente conversation avec sa mère. Rien maintenant n'étonnait plus ce dernier dans ce qu'on pouvait appeler « la saga de la mère et de son fils ». Il écouta religieusement son jeune ami et se trouvait flatté de la place que cette femme lui accordait auprès du jeune garçon. Il n'arrivait pas à digérer la ténacité stupide de celle-ci qui tenait secret un fait aussi simple. Il aimerait bien, de son côté, consulter un spécialiste pour connaître le fin fond de cette attitude. Malheureusement, n'ayant aucun lien de parenté avec Yann, aucun thérapeute n'accepterait de s'immiscer dans l'intimité d'une personne à son insu. Toutefois, il constata de visu le désarroi du jeune homme. C'est pourquoi il pensa tenter en dernier recours les assistances de son oncle Clément. Il savait, en voyant l'argent de Yann, que ce dernier s'était rangé à son avis et qu'il acceptait de se rendre à New-York.

— Si tu penses qu'en voyant cette ville sans aucune commune mesure avec Montréal, je devais être soulagé de mon mal, je consens à m'y rendre. D'ailleurs, nous irons voir un agent de voyages ensemble pour acheter les billets d'avion...

TOYO se leva de derrière son bureau et se tint droit devant le jeune homme.

— Tu y vas vite en besogne, mon ami. On ne va pas là-bas pour se promener et admirer la métropole américaine. En d'autres termes, on ne va pas en vacances à New-York. Notre voyage revêt une importance capitale pour ton équilibre mental et ton bien-être personnel...

— J'comprends TOYO! Tu veux que j'aille vérifier de visu, comment une communauté noire se démène pour occuper la place qui lui revient dans une société qui a toujours eu un problème d'acceptation de sa minorité noire? Tu veux que j'aille regarder avec mes yeux un certain comportement propre à ces gens-là? J'ai l'habitude de les voir évoluer à la télé américaine. Si on se fie à ces images, on pourrait dire qu'il n'y a aucun problème. Mais, paraît que si on gratte la couche de peinture... la réalité est tout autre.

TOYO semblait planer à mille lieux des considérations de son jeune ami. C'est vrai que la façon de voir de ce dernier contenait des vérités de La Palice. Toutefois, le voyage projeté dans sa tête n'avait rien à voir avec les élans d'enthousiasme de son jeune ami.

— T'es pas sur la même longueur d'ondes que moi, affirma-t-il. Nous devons nous rendre à New-York pour rencontrer mon oncle Clément...

— Ton oncle Clément? coupa le jeune garçon interloqué.

— Ne me fais pas le coup de l'étonné. À notre dernière rencontre, je t'en avais glissé un mot. Tu vas voir Clément pour qu'il s'adonne à l'investigation de ton mal.

— C'est parce qu'il est un super spécialiste en psychothérapie qu'on ne lui donne pas un petit nom? On aurait dû le surnommer « kéké ».

Son interlocuteur ne put retenir un rire éclatant.

— Ah! Ah! Ah!... Justement son petit nom, « crazé bounda »!

Yann éclata, de son côté, d'un rire sonore car dans son apprentissage du créole, il avait déjà appris le mot « bounda » qui signifie « fesses ». Toutefois, il ne comprenait pas pourquoi ce spécialiste dans un domaine aussi pointu que la thérapie humaine, était affublé de ce surnom.

— Pourquoi lui a-t-on donné ce genre de surnom? Moi, je serais vexé si j'étais spécialiste.

TOYO tint sa tête entre ses deux mains suivant son attitude habituelle lorsqu'il désirait décanter les choses avant de continuer à polir cette roche qui lui paraissait encore rugueuse.

— « Crazé bounda » n'est pas un spécialiste dans le sens qu'on l'entend ici. Il n'a jamais fait d'études universitaires. En fait, il détient un certificat d'études primaires. Tu ouvres de grands yeux hein!

— Si ton père fut professeur d'histoire à l'université, comment se fait-il que son frère soit un primaire?

TOYO sourit. Il reprit sa position habituelle de réflexion.

— Mon oncle Clément n'est pas un primaire. Il n'a fait que des études primaires.

Nuances!... C'est encore une histoire pittoresque et mythologique en même temps. Tu me portes, sans le vouloir, à toujours te raconter des récits abracadabrants.

— Remarque que si ma curiosité te contrarie, TOYO, tu peux...

— Qui te dit que ça m'emmerde, reprit le leader avec impatience, tu interviens constamment lorsqu'il ne faut pas. Tu m'as fait perdre le fil de ma pensée...

— Tu disais que c'est une histoire mythologique...

— Pittoresque et mythologique, j'avais dit!... Tu sais, l'ennui dans tout ce qu'on raconte à propos de ce peuple, c'est le folklore qui s'amalgame insidieusement avec la réalité pour suggérer des croyances. Or, ces croyances, non seulement dans leurs manifestations actuelles mais dans leurs origines proches et lointaines, dégagent un symbolisme dont elles sont enveloppées. Alors, il faut les comparer à d'autres états de conscience, chez d'autres peuples...

Ne me regarde pas comme ça Yann. Tu vas m'intimider. J'comprends que tu puisses être étonné de mon niveau de langage. N'oublie pas que mon historien de papa existe... Je disais que mon oncle Clément n'a pu continuer ses études académiques parce qu'il fut réclamé à l'âge de quatorze ans...

— Il avait été réclamé par qui? Les « tontons macoutes » venaient le réclamer de ses parents manu militari ?

TOYO rit à gorge déployée...

— Les « tontons macoutes » n'existaient pas encore à cette époque là. Non! Il fut réclamé par des « inconnus ».

— Ne me niaise pas TOYO! Tu ne vas pas me dire qu'il a été enlevé à bord d'une soucoupe volante?

Le grand copain de Yann semblait s'amuser avec son jeune ami. Il éprouvait une satisfaction intérieure inouïe car, pour amener cet adolescent encore insouciant des vraies choses de la vie là où il se promettait de l'acheminer, il devait préparer ce terrain aride en arrosant avec minutie chaque centimètre...

— C'était tout comme, renchérit-il. Sauf que ces « inconnus » n'avaient pas besoin de soucoupes. Ils pouvaient s'introduire chez des gens comme ça en s'infiltrant subrepticement d'autant plus qu'ils étaient invisibles.

—TOYO! Je ne suis pas un p'tit enfant à qui tu racontes un conte fantasmagorique. Soyons plus raisonnables!

Le leader improvisé, cette fois-ci, ne montra pas ses belles dents blanches. Il se renfrogna plutôt, ce qui lui octroya un air plutôt solennel.

— On ne rit plus, Yann. Je suis en train de te mettre au courant d'un secret familial qui ne se divulgue pas. C'est par amitié tout à fait spéciale que je fais une exception pour toi. Les membres de ma « gang » ne savent rien de ce que je vais t'apprendre...

Mon oncle Clément fut réclamé par des « loas ». Il y en a qui disent « mystères » d'autres enfin « invisibles ». Mais en général, on dit « loas ».

— TOYO, la tête me tourne. Comment veux-tu que je puisse croire à cette ânerie.

TOYO fut touché dans le vif de ses sentiments. Il réagit avec vivacité.

— Je te défends d'appeler ânerie ce que tu ignores. Tu ne m'as même pas demandé la signification de ces mots-là. Tu pars avec tes vilains préjugés de petits bour...

— Bourgeois! Dis-le donc! Pourquoi tu t'es arrêté. Dès que je ne veux pas gober tout ce que tu désires me fourrer dans la tête tu évoques ma situation sociale pour me clouer le bec. Tu as hérité de cette tare que tu reproches aux gens de là-bas. Tu as la dictature dans ton comportement social... Je dirais même dans tes veines.

TOYO avait compris que son jeune ami ne supportait plus d'être traité de cette façon. Ce dernier commença à montrer qu'il n'était pas cette pâte qu'on pouvait pétrir à sa guise et lui donner la forme désirée. C'était peut-être la première fois que Yann tout en n'élevant pas la voix lui disait pourtant certaines vérités que personne de sa bande n'oserait prononcer. Il plia, en se rappelant de la fable du grand Jean de LA FONTAINE, le chêne et le roseau. Bien qu'ici ce serait lui le chêne, il préféra agir comme le roseau. Parfois, il valait mieux creuser des sillons invisibles dans un tas de terre si on voulait y introduire des semences au lieu d'arriver avec un bulldozer.

— Je comprends ton exaspération Yann, reprit-il, d'une voix émue. Mais je veux te raconter des faits sur lesquels ni toi ni moi n'avons aucune emprise. Si tu veux connaître l'essence de ce peuple que tu désires intégrer, il faut que tu sois capable de goûter spirituellement à la sève qui conduit à des gestes contradictoires et insaisissables pour quiconque ne connaît pas ces éléments là...

Il alla prendre sur la petite étagère de son « bureau » un livre jauni par le temps et dont la couverture avait disparu. Il s'assit lentement et d'un ton indulgent, alangui, réfléchi, il dit au jeune homme...

—Ouvre bien tes oreilles et tes méninges et écoute... « Dépouillé du symbolisme dont il s'enrichit au fur et à mesure que l'homme grandit en culture et en civilisation, le sentiment religieux se minimise en un ensemble de règles, en un système de scrupules dont la maille devient de plus en plus serrée et de l'observance desquels dépend notre bonheur actuel ou futur. Soit que ce bonheur dérive de nous-mêmes, soit que nous le fassions dériver d'un être spirituel ou des êtres spirituels qui veillent sur nous. »

As-tu déjà entendu parler du vaudou Yann?

— Ce rite satanique?

— Pourquoi dis-tu avec une telle conviction « rite satanique »?

— Parce que c'est un rite satanique! C'est évident!

—C'est pas si évident... Le vaudou est une religion parce

que tous les adeptes croient à l'existence des êtres spirituels qui vivent quelque part dans l'univers en étroite intimité avec les humains dont ils dominent l'activité. Ces êtres invisibles constituent un Olympe formé de dieux dont les plus grands d'entre eux portent le titre de « Papa » ou « Grand Maître » et ont droit à des hommages particuliers. Ce n'est pas moi qui ai inventé ces choses-là pour t'éblouir. C'est écrit dans ce livre. Si tu veux je peux te chercher la page.

— Penses-tu que tu vas me faire avaler cette fable même si c'est écrit dans un bouquin? La superstition, tu sais, trouve aussi de grands écrivains adeptes de son rite. Ça ne m'émeut pas. L'essentiel est que ces élucubrations me passent par-dessus la tête. Je peux t'écouter comme quelqu'un qui me raconte une légende...

— Pourquoi as-tu dit : « C'est de la superstition? »

— Parce que je suis chrétien.

— Crois-tu en Dieu, Yann?

— Euh! Euh!... Oui!

— Pourquoi as-tu hésité?

— Bah! C'est une question de foi! Je...

TOYO profita de cette hésitation, naturelle chez tout humain, pour ensemencer la graine du doute dans l'inconscient du jeune homme.

— Non! Non! C'est parce que tu n'as jamais vu ce Dieu qu'on te demande d'adorer. On t'a fourré dans la tête qu'il n'existe qu'un seul Dieu et tu y crois dur comme fer. Mais tu n'as jamais vu ses manifestations. Je comprends qu'on soit jaloux d'une religion où les gens peuvent constater de visu les interventions de ses dieux grâce au savoir faire du corps sacerdotal. Oui! Le culte dévolu à ses dieux réclame un corps sacerdotal hiérarchisé, une société de fidèles, des temples, appelés hounforts, des autels, des cérémonies et, enfin, toute une tradition orale qui n'est certes pas parvenue jusqu'à nous sans altération, mais grâce à laquelle se transmettent les parties essentielles de ce culte. Le côté le plus mystique de ce rite réside dans le fait qu'il y ait une symbiose entre cette religion et le catholicisme...

Yann paraissait choqué par ce rapprochement que TOYO avait fait du vaudou et du catholicisme.

— Il ne faut pas blasphémer, dit-il, courroucé. Oser faire un rapprochement entre la plus illustre religion chrétienne et ces adeptes du satan c'est aberrant...

Le pseudo leader s'était promis de ne plus répondre coup pour coup à son jeune ami. Il avait parfaitement compris qu'il frappait à la porte d'une conscience assise sur sa vérité vraie et que ce serait un travail de longue haleine.

— Tu parles comme mon père, murmura-t-il avec gravité. Voilà quelqu'un qui refuse systématiquement d'entendre parler de vaudou. Il n'a jamais adressé la parole à mon oncle depuis plus d'une trentaine d'années.

— Pourquoi?

— À cause de la profession de mon oncle.

— Que fait-il ton oncle, comme profession?

— Il est hougan! On dit « gangan! dans le langage populaire ou « bocor » pour distinguer le bon du méchant.

TOYO se rendit compte qu'il se trouvait comme devant un martien à qui il devait expliquer la moindre démarche humaine et ce, de A à Z. Pour continuer à faire croire au jeune homme qu'il n'était pas en train de lui raconter une histoire inventée, il devait intercaler préceptes et faits réels. Mais Yann rappliqua...

— Ton oncle est une espèce de rebouteux, pour parler un français châtié.

— Mets ton français châtié là où tu penses, réagit TOYO avec véhémence, mon oncle est un médecin de l'âme. Un hougan est un prêtre du vaudou. Il joue à la fois le rôle du counselling familial ou conjugal. Il donne des traitements médicaux de toutes sortes. Il est parapsychologue et apaise les angoisses des gens. Et pour couronner tout ça, il conseille ses patients ou visiteurs pour les achats chanceux à la loterie. Il intercède auprès des esprits pour calmer les tribulations des gens qui viennent l'implorer pour qu'ils les sortent de leurs situations précaires et dramatiques.

— Alors, il est riche comme Bill GATES, ton oncle?

Yann ne put s'empêcher de ricaner.

— Il gagne assez bien sa vie, reprit TOYO le plus sérieusement du monde. Je sais ce que tu penses. Quelqu'un qui indique à des gens des numéros chanceux à la loterie devait les garder pour lui et amasser des millions sans efforts. Faute de quoi, il est un fieffé charlatan. Ce n'est pas aussi simple que ça les choses, Yann. C'est pourquoi j'entends t'apprivoiser avec des us et coutumes imperceptibles mais réels qui sous-tendent la démarche d'une catégorie de la population haïtienne.

Quand je t'ai dit tantôt qu'entre la religion catholique et le vaudouisme haïtien il y a une symbiose, ça n'a pas pris naissance dans ma petite tête. C'est un fait historique. Elle constitue une curiosité pour plusieurs. Bien sûr, avec la même indignation dont tu as fait montre tout à l'heure, l'église catholique a toujours combattu férocement cette idée. Des clergés locaux ont même mené pendant longtemps une lutte sans merci contre ces manifestations « sataniques ». Les campagnes antisuperstiteuses brutales et féroces dans certains coins du pays consistaient en des séances d'autodafés où étaient brûlés tambours et autres objets de culte avec renoncement à Satan et à ses œuvres en public. Mais le fait historique demeure que des Africains importés à St-Domingue, comme esclaves, et venus d'un peu partout de ce continent conservaient leur culte traditionnel. Or, les colons européens, espagnols ou français, étaient de foi catholique. Les esclaves devaient obligatoirement être baptisés dans la foi catholique. Le jour, ils étaient des chrétiens. De bons catholiques. Mais la nuit? Qui adoraient-ils? Les rites catholiques, les fêtes précisément, qui correspondaient aux seuls congés consentis aux esclaves furent adoptés par la population esclavagiste. D'où une religion originale où les transes initiatiques voisinent avec l'usage de la croix. Aussi quand tu pénètres dans un hounfort ou tout autre lieu consacré au culte vaudou on y trouve les mêmes images pieuses qui ornent les églises catholiques. Sauf qu'elles prennent des connotations différentes. Exemple : la Vierge noire représente ERZULIE Dantor, déesse de l'eau qui plaît aux hommes. Baron Samedi est le dieu des morts. Je pourrais te faire une nomenclature pour constater qu'en fin de compte les liens secrets et indivisibles de ces deux cultes remontent du temps de la colonie. En ce temps-là, les images pieuses du catholicisme constituaient une astuce des esclaves pour adorer les « loas » sans se faire importuner par les missionnaires. D'ailleurs, chez le catholique comme chez le vaudouisant, on est aplati par la peur et l'obsession du démon. L'imitation maladroite par ces vaudouisants de ce qu'il y avait de plus extérieur dans le catholicisme, la pompe, la magnificence du cérémonial, le mystère des signes, la somptuosité des habits sacerdotaux contribuaient à manifester cette similitude. Par ailleurs, tout hougan qui se respecte après avoir soumis son patient aux médications connues de son art recommande à celui-ci de faire chanter une messe d'actions de grâce à l'église en guise de remerciement au Grand Maître pour le bienfait accordé.

De plus, des politiciens véreux ou peu crédibles se sont servis de cette arme redoutable qu'est le vaudou. Au dire de mon père, un pan considérable de la population se laisse prendre par la magie du vaudou en ce qui a trait au pouvoir politique. Par exemple, ils pensaient durs comme fer que l'ex-dictateur haïtien était immortel à cause de ses pouvoirs vaudouisants. Personne n'aurait osé tirer dessus car on pensait que toute balle ricocherait comme par enchantement et qu'il ne serait pas touché. Quand ces gens qui voulaient renverser ce dictateur épiloguaient, le plus sérieusement du monde sur ces inepties, mes sœurs et moi nous tordions de rire. Mais, mon père qui tint le vaudou en horreur ne riait pas lui...

— Au moins, ton père est un homme sensé. Il a déduit que tous ces récits fantastiques font partie des légendes d'un peuple. Je lui aurais serré la pince pour sa lucidité. Moi, TOYO, si je deviens Haïtien, je ne veux pas me convertir au vaudouisme.

TOYO alla plaquer sa main sur son épaule pour le rassurer.

— Ne crains rien! Les gens pratiquent la religion qu'ils veulent. Il y a beaucoup d'Haïtiens, comme mon père, qui ne veulent rien savoir de ce culte que constitue le vaudou. Ils sont des chrétiens de toutes dénominations.

— Es-tu vaudouisant toi, TOYO?

— Je ne le suis pas! En fait, comme toi, j'ai été baptisé dans la religion catholique. J'ai suivi tout le processus après. Première communion, confirmation et tout le tra la la. J'ai abandonné toute pratique à l'âge de seize ans. J'ai des doutes. Je veux demeurer libre penseur mais c'est difficile...

Le vaudou? Mon oncle le pratique. Il y croit fermement. Quand je me rends à New-York, je vais le rencontrer. Même quand j'étais chez mes parents et qu'ils ne voulaient pas que j'y aille, je m'arrangeais toujours pour le voir. Une fois, j'ai reçu une volée lorsque mes parents ont su que j'avais visité l'adepte de Satan.

— Tes parents appellent ton oncle l'adepte de Satan?

— Certain! Mon père sait très bien que ce ne fut pas la faute de mon oncle. Comment comprends-tu qu'un gars de quatorze ans ait une idée aussi stupide que celle d'aller se faire « appeler » par des divinités. C'était une famille pieuse. Quand ce fait est arrivé, ils ont consulté cinq ou six médecins pour détecter la maladie de Clément. On a dit qu'il était atteint de « malcadi ».

— Mal... quoi?

— Malcadi! C'est-à-dire épilepsie. Tu vas me dire pourquoi l'épilepsie devenait « malcadi ». On ne connaissait pas la source de ce mal où la personne atteinte rugissait en dégageant une bave blanchâtre autour de ses lèvres. Bien entendu, les gens avaient peur de s'approcher d'un tel malade. On a dit alors que le mal était caduc. Qu'on ne pouvait pas débusquer le comment et le pourquoi, surtout le pourquoi. De là à conclure que ce mal était mystérieux il n'y avait qu'un pas. De là à exécrer la personne atteinte, il n'y avait qu'une syllabe à prononcer : maudit. Toutefois, c'est le vocable « caduc » qui devint « cadi » dans ce savoureux créole.

Dès lors, on avait mis en quasi quarantaine cet adolescent qui subissait un sort dont il n'était pas responsable. Et dire que mes grands-parents surent la cause du mal qui rongeait le jeune homme, un mois après sa crise...

— Ah! Mon cher TOYO, ton oncle avait vraiment fait une crise? Il n'y avait là rien d'insolite.

— Certainement Yann, c'était bizarre son affaire! Il était entré en transe. Il ne bavait pas, lui. Il regardait les gens avec des yeux hagards. Mon père pleurait en voyant l'état de son frère cadet. Jusqu'à aujourd'hui lorsqu'il raconte ces faits à ma mère, il attend toujours que nous soyons endormis. Il a répété cette histoire précise plusieurs fois à ma mère. Il ne nous en a jamais parlé directement. Quand nous lui demandons pourquoi il ne veut pas que nous entretenions des relations avec mon oncle Clément, il nous répond toujours que celui-ci a fait un choix dans sa vie qu'il ne partage pas. S'il nous laisse le fréquenter, ce serait manquer à son devoir de père car le suppôt du démon nous dévierait de la bonne voie.

Ne voulant pas contrarier son ami pour que celui-ci ne se mette en colère, Yann secoua la tête comme si ces récits frisaient la fantasmagorie sortie de l'imagination de TOYO. Celui-ci s'en rendit quand même compte. Il reprit avec persuasion...

— Mes grands-parents étaient de fervents catholiques. Quand un « connaisseur », c'est-à-dire quelqu'un qui avait des connaissances de la liturgie vaudouesque, leur eut fait part timidement du fait que monsieur Clément avait été réclamé par les « loas » ils le chassèrent. C'était le garçon qui s'occupait de l'entretien de la maison. Il avait reçu l'ordre de ne jamais répéter une telle idiotie, sous peine d'être jeté en prison. Tu sais, c'était et c'est encore une honte pour une famille de chrétiens pratiquants. C'est la malédiction du ciel, un tel affront.

Dès lors, le pauvre gars fut trimballé d'un parent à l'autre qui habitait différentes régions du pays. Dès qu'on sut qu'il était atteint de « malcadi », il fut rembarqué pour la maison de ses parents. On ne l'envoya plus à l'école de peur que la crise ne le surprenne. Finalement, il se ramassa dans la seule institution qui l'accepta, parce que ses parents avaient des contacts avec la direction. Un établissement destiné aux délinquants éventuels et non aux malades. Là, il connut toutes les vexations et les humiliations réservées aux handicapés à cette époque. Il avait été enfermé comme handicapé. Quand il rencontra le père d'un compagnon qui l'avait pris en pitié et qui possédait des connaissances vaudouesques son calvaire cessa...

— Comment son calvaire cessa?

— L'homme en question l'amena chez un hougan et on « rentra » les divinités par ordre hiérarchique dans son esprit. Il fut guéri et n'eut jamais aucune autre crise.

— Tu crois à cette histoire TOYO? Moi, je n'y crois pas. C'est tellement farfelu! C'est tellement invraisemblable! C'est tellement irréel...

— Tu as prononcé le mot « irréel »!... On peut penser que mon oncle Clément était sujet à des crises d'hystérie amenées par ses angoisses qu'il ne pouvait pas gérer. J'ai déjà entendu mon père en parler avec ma mère et soutenir de tels propos. Il voulait peut-être nettoyer sa conscience qui n'était pas tranquille. Je me suis, pourtant, posé cette question. Comment se faisait-il que dès qu'il eut subi son passage initiatique et accepté de devenir « serviteur » des divinités qui l'avaient réclamé, il fonctionna normalement? Il commença en Haïti à exercer sa profession. Il faisait beaucoup plus d'argent que mon père. Quand il décida de partir pour les États-Unis et de s'établir à New-York, il passa tous les examens exigés. On n'avait rien trouvé d'anormal chez lui.

— Il n'avait pas décliné son titre de « gangan » pour son admission aux États?

— Certainement pas! Il n'aurait pas été accepté. Beaucoup de gens pensent encore qu'il s'agit d'un rite satanique.

— Ça fait peur TOYO! Même si tu essaies d'embellir tout ça avec des mots savants puisés dans des bouquins, c'est effrayant pareil.

TOYO se demanda s'il devait oser déballer la vérité à son jeune ami. Certes, si celui-ci ne voulait pas aller consulter son « hougan » d'oncle, il ne pourrait pas le traîner là-bas de force. Il fallait surtout le persuader que « crazé bounda » détenait un pouvoir vraiment surnaturel et qu'il pouvait mieux que n'importe quel voyant ou médium d'ici régler son cas. Ne connaissait-il pas un tas de gens que son oncle avait remis sur pied dans le temps de crier ciseaux? Lui même, ne s'était-il pas adressé à ce dernier pendant son séjour à la prison? Celui-ci s'était-il trompé quand il lui avait fait savoir qu'il serait libéré deux mois avant son terme? Certes, il n'avait entrepris aucune démarche en ce sens.

Il fut libéré à la date précise déterminée par les « esprits » de son oncle. Il décida de ne pas mettre Yann au courant de ce fait précis car il voulait garder sa réputation de libre penseur.

Il savait aussi que la plupart de ses copains n'auraient pas cru à cette intervention des divinités vaudouesques. Il fallait coûte que coûte briser la réticence du jeune garçon par des faits...

— Tiens! La réputation de mon oncle n'est plus à faire, des gens sortent d'un peu partout pour le consulter...

— Tu veux dire que des gens partent de Montréal pour aller consulter ton oncle?

— Pas seulement de Montréal, Yann. Les gens partent de Boston, de Philadelphie, de Chicago et même de Miami pour aller le consulter.

Le jeune garçon semblait être timoré par ce genre de phénomène. Il crut comprendre que son ami prenait plutôt le parti de l'éblouir par de la vantardise. Il ne l'avait jamais vu sous ce jour-là. Mais, pour le persuader d'aller lui aussi se faire « analyser » par les « divinités » de Clément, il pensa que TOYO ne reculerait devant rien. Celui-ci se mit à tourner en rond dans son »bureau ». Le jeune homme ne désarma pas pour autant. Il voulut montrer à TOYO que parfois même si le ridicule ne tue pas, il rendait son adepte comique au possible. Il décida donc de le pousser jusqu'à l'extrême limite de cette fiction autour de ce personnage mythique.

— Et pourquoi tout ce monde va consulter précisément ce « crazé bounda »?

— Pour le bonheur! Il leur offre du bonheur à sa manière et leur fait miroiter l'espoir!

— J'comprends! ricana Yann! Lorsqu'on n'a rien à perdre, on peut vendre l'espoir.

Mais TOYO, faire miroiter l'espoir, comme tu dis, dans l'inconscient d'individus démunis de tout, c'est poser un acte criminel. C'est un charlatan, ton oncle. S'enrichir sur le dos du pauvre monde, c'est odieux...

Yann se leva comme pour signifier à son interlocuteur que la conversation était terminée par le dégoût que lui inspirait de tels actes. Mais l'autre le cloua quasiment sur la chaise.

— Tu vas m'écouter jusqu'au bout, mon gars. Mon oncle ne gagne pas son beurre sur le dos du pauvre monde. Il n'exploite personne. Il n'a jamais fait de publicité. D'ailleurs, même s'il l'avait voulu, il n'aurait pas pu mettre l'enseigne « crazé bounda, gangan ». Aux États-Unis, pays libre, démocratique, la liberté du culte est reconnue c'est vrai, mais pas pour les vaudouisants. Il aurait été forcé d'abandonner sa pratique. On lui aurait dit que ce rite satanique n'avait pas droit de cité là-bas. Alors, pourquoi les gens y vont-ils en si grand nombre? Tu peux me trouver une réponse? Hein?... Peux-tu m'en trouver une?

Le pauvre Yann était lui-même acculé au mur. Quelle était effectivement la réponse à de tels faits? Il baissa la tête comme pour demander à ses méninges de fonctionner avec célérité afin de confondre ce « monsieur » qui croyait l'avoir dans sa poche à l'aide d'histoires farfelues et extravagantes. Il n'avait pas étudié les sciences pour se faire chanter de tels couplets insipides même par quelqu'un qui lui inspirait une énorme admiration. Justement, avant hier encore, dans un cours de philo, on parlait du rationalisme et il pensait toujours être un disciple de DESCARTES. Toutefois, à court d'argumentations pour le moment, il décida de dévier la conversation vers un aspect plus banal.

— Pourquoi les gens affublent-ils ton oncle du surnom de « crazé bounda », n'est-ce pas pour l'ironiser un peu... et l'avilir peut-être?

TOYO fixa le jeune homme d'une drôle de manière. Chaque fois qu'il voulait fasciner son interlocuteur, il agissait, comme ce reptile qui fixe avec obstination sa future victime, pour la paralyser et la forcer à demeurer en place.

— Les gens ne l'ont pas « affublé » de ce surnom comme tu viens de le dire. J'ai dû consulter le dictionnaire pour comprendre ton verbe « affubler ». Ce n'est pas de la suffisance ça! Non! Monsieur, c'est lui qui l'avait choisi et en toute connaissance de cause...

Yann qui croyait dérouter son interlocuteur fut surpris une fois de plus de l'assurance de ce dernier. Il allait placer un mot mais l'autre le devança.

— Il faudra qu'une fois encore je retourne à la base des données comme ton prof de chimie, pour t'expliquer ce que tu dois capter si tu veux ton intégration non superficielle dans notre communauté. À moins que tu ne sois à la recherche d'ésotérisme exotique, tu dois comprendre que les gestes, les paroles, les faits cachent fort souvent un sous-entendu qu'il faudra décrypter pour parler comme l'auteur de ce livre.

Il lui montra ce livre jauni par le temps et qui semblait être son livre de chevet.

— Dans la plupart des religions, affirma-t-il, surtout ta religion, Satan ou le Diable ou le Démon, appelle-le comme tu veux, est désigné sous le pseudonyme de « l'esprit malin » n'est-ce pas? Si on veut se livrer à cette besogne de décryptage que suggère l'auteur du livre, il faut voir que le mot « esprit » désigne quelque chose d'insaisissable, de fluide, d'impalpable par conséquent, le chrétien doit toujours se tenir sur ses gardes. De plus, il est malin cet « esprit ». On suggère par là, qu'il emploiera toutes les astuces possibles et imaginables pour gagner à sa cause sa future victime. D'où encore, les précautions infinies imposées par les églises à leurs adeptes à l'égard de ce futé bonhomme. Que fait mon oncle? Il agit exactement pareil? Le mot « crazé » dans ce paradoxal créole signifie « briser, anéantir. Le mot « bounda » comme tu le sais désignant « fesses » dans son imaginaire, il s'accorde le droit de briser les fesses de qui?

Il feignit de poser cette question embarrassante à son jeune ami. Celui-ci, pris de court, se contenta de hausser les épaules.

— De l'esprit malin représenté ici par l'air.

Yann, de plus en plus confus, regarda son interlocuteur avec des yeux glauques.

— Ne me regarde pas avec des yeux de poissons frits Yann, reprit-il, triomphant. Quand quelqu'un va le consulter pour n'importe quoi, il dit toujours à la personne en question en feignant un petit sourire malicieux et en adoptant un ton assuré : « Map crazé bounda toutt mauvé zè. » Non Yann, inutile d'ouvrir tes yeux aussi grands. Je vais te traduire cette expression loquace mais pleine de sagesse. Personne ne peut capturer l'air. Personne ne peut s'accaparer de l'air. C'est encore quelque chose de réel et d'irréel en même temps. Tu sais que l'air existe mais il est où? On l'a emmagasiné dans quelle région? Dans quel pays? Dans quelle maison? Par conséquent, mon oncle assimile l'air à « l'esprit malin ». De plus, il s'est octroyé le droit de le fesser. Ici encore, il faut plonger dans le symbolisme pour comprendre le dessous du slogan adopté par lui. Yann ne baisse pas la tête, s'il te plaît. Peux-tu avoir le cran de me regarder droit dans les yeux?

Dans la croyance populaire de l'Haïtien, les fesses ont été allouées à l'enfant par la divine Providence, bien entendu, pour être un lieu de correction, d'éducation.

Ne me regarde pas comme ça Yann! Je veux dire par là pour encaisser des fessées. As-tu jamais été fouetté sur les fesses Yann?

— Jamais! Je n'ai jamais été fouetté tout court.

— Chanceux! Ce ne fut pas mon cas. Mes fesses ont connu les rigueurs du fouet. Dieu merci, je n'ai jamais été fouetté avec la rigouaze.

— La rigouaze?

— Inutile de prendre le dictionnaire Yann, tu ne vas pas trouver ce mot. C'est un fouet fabriqué avec des nerfs de bœufs séchés. On le tresse comme une corde. Il y en a de différentes dimensions. Elle servait à corriger les enfants de tous âges. J'ai entendu mes parents ainsi que leurs amis parler de cette fameuse rigouaze. Cet instrument de supplice n'arrive pas ici, Dieu merci. Si c'était le cas, les parents qui s'en serviraient auraient eu beaucoup de démêlés avec la direction de la protection de la jeunesse car ils seraient accusés carrément de torturer leurs enfants. Ça n'empêche qu'il y ait fort souvent des accrochages entre des parents haïtiens ici et des représentants de la direction de la protection de la jeunesse.

Ces parents soutiennent que les agents de la D.P.J. les empêchent de corriger leurs enfants par conséquent de donner une bonne éducation à ces enfants.

— Est-ce vrai?

Yann paraissait non seulement intéressé mais un peu scandalisé. TOYO se sentit émoustillé dans son rôle d'éducateur improvisé.

— Il y a toujours du vrai et du moins vrai dans tout geste ou comportement des gens. Il y a beaucoup de parents qui pensent qu'une fois les coups donnés aux fesses, même s'il reste des traces, ce n'est rien. Pour les agents de la D.P.J. cela constitue une torture. D'où beaucoup de problèmes qui naissent entre parents qui crient au harcèlement et jeunes de la communauté qui profitent de ce facteur d'incompréhension pour tirer leur marron du feu.

Yann, cette fois-ci, regarda TOYO droit dans les yeux.

— Je vois pourquoi, tu es en train de me montrer comment marcher sur un fil pour ne pas susciter un drame à chaque pas que je fais. Mais le slogan de ton oncle, je n'ai pas encore saisi son « dessous ». Il ne donne pas la « rigouaze » à ses patients tout de même?

— Mais non, Yann! La subtilité de la chose réside dans le fait que ce slogan agit sur les gens comme par magie. « L'esprit malin », qui devient « mauvé zè » dans sa langue, est sujet à la correction réservée à tout individu non docile. Dans l'imagerie des gens, il voit le père en train de donner une fessée sans merci à l'enfant en rébellion. Et ce, quel que soit son âge. Il montre par là qu'il détient la puissance que lui concèdent des divinités pour remettre Satan à sa place. Il connaît l'emplacement des fesses (« bounda ») du diable. Il peut le mettre en déroute. C'est pourquoi les gens diront pour identifier un personnage comme mon oncle « qu'il n'est pas simple » ou bien « qu'il est madre ».

— Madre? Ça vient de l'espagnol qui signifie mère.

— Ah bon! Moi, je ne parle pas l'espagnol, concéda TOYO. Je sais toutefois, que le créole absorbe des mots d'un tas de langues. Pourquoi dit-on madré? Je n'ai jamais cherché à le savoir. Tu sais, Yann, il y a beaucoup de choses qu'il ne faut pas chercher à savoir.

— TOYO, si tu t'adonnes à ma culture de la mentalité haïtienne afin que je ne sois pas un Haïtien d'apparence, tu dois accepter que je te pose toutes sortes de questions?

— Sauf qu'il y a en qui vont demeurer sans réponses, Yann. Tu ne seras pas pour autant un Haïtien « sous pouèle » cela veut dire exactement un Haïtien artificiel. Moi, j'ai appris beaucoup de choses de mes parents, surtout de mon père, cela va de soi. J'ai aussi appris bien des péripéties de la vie de tous les jours des gens par le biais de mon oncle. Enfin dans ce livre, j'essaie de deviner les affaires que les écrits insinuent mais ne disent pas clairement. Je ne sais pas ce que mon oncle conte aux gens pour que ceux-ci aient autant confiance en lui. Il n'a pas étudié les grandes théories traitant du comportement humain. Je suis obligé d'admettre ce qu'il m'a dit.

— C'est quoi?

— Je ne voulais pas aller jusque là avec toi. C'est entrer, secrètement, dans son intimité. Et puis, tu ne me croiras pas.

— Essaie pour voir!

— Mon oncle est doté de pouvoir surnaturel que lui ont conféré ses « loas ».

— Ah! Ah! Ah! Ah! Ah!

— Tu vois! J'aurais dû me fâcher et te faire quitter les lieux. Cependant, je vais te raconter une histoire que tu vas trouver incongrue. D'abord connais-tu ce qu'est un zombi?

— Ah! Ah! Ah! C'est une histoire de zombi que tu vas me raconter? Écoute, TOYO, je veux bien jaser avec toi de choses et d'autres. Cependant, il ne faut pas me considérer comme un enfant à qui on essaie de raconter des histoires fantastiques pour lui faire oublier que ses parents viennent de divorcer.

— Yann, à un moment de la durée, il ne faut plus jouer avec certains faits. Je ne saurais jamais employer ce genre de tactique sachant que tu mènes un combat de tous les instants pour te découvrir à toi même. Mon oncle a amené avec lui à New-York, un zombi du nom de « Ti bèf ».

Le jeune garçon secoua sa tête de droite à gauche et de gauche à droite. Devant l'énormité des élucubrations de son ami, il se demanda s'il ne devait pas écouter sa mère et fuir cet individu. Chaque fois que cette idée lui passait par la tête, l'ascendant que ce garçon prenait sur sa personne l'inquiétait au plus haut point. Il frémissait à l'idée que TOYO occupait déjà le rôle d'un gourou auprès de lui. Il respira profondément pour lui dire.

— Comment veux-tu, TOYO, que je puisse croire, un instant, que quelqu'un puisse faire entrer un zombi aux États-Unis? Il a fait entrer un homme. Point.

— Sais-tu au moins ce qu'est un zombi?

— Bien sûr! Dans un travail de recherche en religion, j'avais choisi de parler de la zombification dans une secte satanique. Je me rappelle avoir lu le résultat de l'étude du chercheur Wade Davis qui tentait une explication vraisemblable. On fait boire à quelqu'un une mixture contenant

128

la chair d'un poisson venimeux appelé : tétrodon. La tétrodoxine, composante du poisson, a la propriété de faire s'effondrer le métabolisme. La vie demeure un certain temps blottie on ne sait où dans l'organisme. C'est la mort apparente. Puis, on administre au supposé mort une autre mixture à base d'une plante hallucinogène nommée datura. On le réveille et il demeure dans une sorte d'état second. Il n'est pas tout à fait mort. Il n'est pas tout à fait vivant. Je ne peux pas te dire si l'étude a été menée en Haïti.

TOYO applaudit des deux mains mais d'une manière ironique, l'apprenti scientiste qui venait de débiter l'étendue de son savoir en ce qui concerne cette matière. Yann se sentit diminué par son ami. Il se fâcha.

— Ne te fâche pas, Yann, s'empressa de renchérir TOYO. Tu viens de reproduire une belle conception scientifique du phénomène de zombification. Devant une classe de n'importe quel niveau tu aurais eu un succès assuré. Mais quand tu iras à New-York et que tu verras « Ti bèf » tu n'auras plus le goût de répéter le résultat de ta recherche. Tu vas voir un individu d'apparence parfaitement normal. Sauf qu'il travaille sans arrêt et qu'il ne mange qu'une fois par jour.

— Quoi? Toi, TOYO, tu as eu le courage d'accepter que ton oncle exploite sans vergogne un compatriote démuni sans dénoncer ce geste odieux à la police?

— Minute, mon ami! Mon oncle Clément n'exploite pas le gars. C'est un zombi.

C'est pas pareil. Il ne peut pas manger plus qu'une fois par jour. De plus sa nourriture doit être exemptée de sel. Si on ne respecte pas ces préceptes, on ne sait pas ce qui peut arriver.

— Il ne reçoit rien comme salaire, je suppose?

TOYO leva ses deux bras au ciel en signe d'imploration à une divinité quelconque. Il se demanda franchement pourquoi il s'était embarqué dans cette galère. Il se découragea. Il prit une serviette dans le tiroir de son bureau et l'aspergea d'un peu d'eau contenue dans une bouteille. Il plaqua la serviette humide sur son front et la tint avec ses doigts. Yann respecta cet intermède. De son côté, il se trouva plongé dans un dilemme embarrassant. D'un côté, il aimerait libérer TOYO du fardeau de son intronisation dans la communauté car il ne savait pas que c'était aussi pénible. De l'autre, il redoutait ce phénomène d'ébullition psychologique qui tiraillait ses entrailles. Tourner dos à TOYO, c'est aller vers qui? Toutefois, c'était si compliqué les affaires de son ami, que finalement il ne savait sur quel pied danser. S'il demandait à celui-ci d'arrêter ces récits sur le fameux oncle Clément qui semblait occuper une place de choix dans l'échelle de sa sympathie, il se fâcherait, pour sûr. Puisque le vin était tiré, il fallait le boire jusqu'à la lie. Il supplia son ami de continuer. Ce dernier s'accorda encore quelques minutes avant de poursuivre. Il prit sa voix mielleuse au possible.

— Je n'ai rien soufflé de tout ça aux membres de la « gang ». Pourquoi, toi? Ne réponds pas à cette question, tu ne le sais pas non plus. Quand je t'ai dit que mon oncle a amené à New-York avec lui un zombi, c'est vrai. Mais, il n'a aucun statut là-bas. Il est entré dans une grosse malle. Pas clandestinement. Tout simplement. Tant les agents d'immigration que ceux de la douane ont vu du feu. Tu vois pourquoi, même si je me rendais à la police pour leur apprendre que chez mon oncle il y a un homme qui travaille clandestinement et qui n'a aucun statut, pour la bonne et simple raison qu'il est un zombi, c'est moi qu'on enfermerait dans une cellule.

— Tu exagères, TOYO! Je ne suis pas un enfant. S'il te plaît. Cesse.

Mais ce dernier en rajouta.

— Ils ont ouvert la malle et ont vu un tas de linge. Ils ne pouvaient pas voir « ti bèf ». Lui, il les regardait sans rien comprendre non plus. Ensuite, on a remis à mon oncle sa malle qui est passée comme une lettre à la poste. C'est pourquoi « Ti bèf » n'a aucun statut là-bas.

Yann ne put s'empêcher, une fois de plus, de se tordre de rire. Il aurait bien aimé prendre son ami au sérieux mais il ne pouvait pas. TOYO ne s'en formalisait pas. Il continua le plus sérieusement du monde.

— Il y a une histoire autour de ce gars. Veux-tu l'écouter?

Yann haussa ses épaules voulant signifier à son ami que là où il était rendu toute résistance serait ridicule.

— Un homme était venu rencontrer mon oncle pour un service. Un jeune homme, prétendait-il, faisait des avances à sa femme. Il ne l'avait pas accepté. Comme punition, il fallait non pas le faire disparaître mais le mettre à son service comme domestique. Mon oncle n'aurait jamais accepté de faire disparaître quelqu'un. Une fois l'à-valoir remis, mon oncle exécuta la commande. Le gars trouva la mort d'une façon bizarre. À la cérémonie dite « veillée », on donna des histoires de femmes le concernant. Il paraît que ce dernier fut un séducteur hors pair. Bref, sa veillée fut l'occasion d'une fête ou le clairin (un dérivé d'alcool pur) coula à flot. On l'enterra. Mais mon oncle par l'entremise de ses aides de camp veillait à tout. Le même jour à minuit, et au cimetière de l'endroit, le gars fut réveillé et mon oncle l'amena chez lui. Il faut savoir que mon oncle devint alors son gardien et son protecteur jusqu'à ce que son maître vienne le chercher. Sauf qu'entre-temps, le client qui avait passé la commande, est allé de son côté faire de l'œil à la maîtresse d'un « tonton macoute » assez puissant qui l'arrêta et le jeta dans une prison privée. Personne n'a jamais su où se trouvait la dite prison. Cet homme fut porté disparu et mon oncle dut rester avec le zombi.

— Pourquoi ne l'a-t-il pas relâché et ne lui a-t-il pas redonné son nom?

— Simple! D'abord, les gens du bourg l'auraient lynché, on le savait mort. Ensuite, le zombi doit toujours agir d'après la volonté de quelqu'un. Et seul mon oncle possédait la formule pour le faire fonctionner presque normalement. La décision de laisser Haïti pour les États-Unis arriva. Ou bien, il fallait le supprimer ou partir avec. Ma tante Clarisse, femme de mon oncle, s'opposait fermement à sa disparition. « Ti bèf » travaillait comme un robot. Sa présence devenait indispensable dans la maison. Par la force des choses, il fut considéré comme un membre de la famille. Mon oncle m'a fait une autre confidence. Les gens venaient parfois le consulter pour voir des zombis. Il y en a qui se tenaient aux alentours de sa maison pour essayer de démasquer un zombi quelconque.

Il paraît que la croyance populaire voulait que chez chaque hougan se trouvaient des zombis comme domestiques. De toute façon, la décision fut prise d'amener le zombi à New-York.

Yann n'arrivait pas à déterminer s'il devait prendre les histoires de TOYO concernant cet oncle comme une suite de blagues inventées, ou bien comme des faits réels arrangés à la sauce de son ami. Finalement, il continua à jouer le jeu pour tester la résistance de celui-ci et atteindre le moment où il éclaterait d'un rire sonore en lui disant : « J't'ai eu hein Yann! » Mais cet instant ne vint pas. Au contraire TOYO se montra de plus en plus persuasif et convaincant au fur et à mesure que la conversation se prolongeait. Alors, comme un enfant qui aurait demandé : encore, à la personne qui lui raconte des histoires pour l'inciter à dormir, Yann voulut savoir pourquoi on avait choisi le surnom de « Ti bèf » pour ce pauvre homme. Il aurait parié que TOYO inventerait un symbolisme quelconque pour ce geste aussi.

— Il faut aller chercher le dessous des choses, clama TOYO, dans les croyances populaires.

— Pour le surnom aussi?

— Certainement Yann! Le mot créole « bèf » signifie en français : bœuf. Or, là-bas le bœuf n'est pas comme ici, l'animal qu'on engraisse en attendant d'être amené à l'abattoir pour la bonne viande. Il travaille lui. C'est lui qui va tirer des « cabrouettes » chargées démesurément de canne à sucre. C'est lui qui va faire tourner le moulin pour broyer la canne à sucre en vue d'extraire le jus qui donnera le sucre et le tafia. Traditionnellement, cet animal est attaché par la tête et le museau à un autre compagnon et il tourne... tourne... tourne sans arrêt pour faire fonctionner le moulin. Habituellement, un jeune homme armé d'un long fouet dénommé « frèt cach » ou « lasso » tapait à répétition sur la pauvre bête. Tu vois l'image qu'on fait avec le « zombi » qui travaille sans arrêt. Mon oncle m'a même confié que certains hougans frappaient leurs « zombis » sous prétexte que ceux-ci ne ressentaient rien. Derrière tout ça, il y a une autre anecdote. Veux-tu que je te la raconte, Yann?

—Même si je te dis non, tu vas me la raconter pareil, sourit le jeune homme.

— Autrefois, me contait mon père lorsqu'il était à sa période de nostalgie et qu'il tenait coûte que coûte à me parler de son paradis perdu, le transport des denrées se faisait des provinces vers la capitale. Il y avait ce qu'on appelait les « camions boîtes et les camions bancs ». Les « camions bancs » c'était surtout pour le transport des passagers et leurs effets. Les « camions boîtes » pour les denrées de toutes sortes. Il y avait le chauffeur du camion chargé de conduire le véhicule à bon port. Il pouvait être le propriétaire ou un employé. Il se nommait deux adjoints chargés de trouver du fret pour le camion. Ceux-ci devaient démontrer certaines aptitudes nécessaires à leur permanence dans cet emploi. D'abord la capacité de débusquer les futurs voyageurs et surtout la faculté de négocier un prix convenable avec les « madan sara ».

— Pourquoi dis-tu « les »? Est-ce que toutes ces femmes s'appelaient Sara?

—Mais non! ricana TOYO, j'avais posé la même question à mon père. « Madan sara » est une catégorie d'oiseaux.

— On négociait avec des oiseaux, quel pays fantastique?

TOYO regarda le jeune homme avec tendresse. Ce regard aurait été équivoque s'il n'était pas en train de visionner l'image d'il y avait quelques années déjà où son père lui racontait ces épisodes d'un temps passé.

— Si tu n'avais pas six ans de moins que moi, je t'aurais demandé de m'appeler papa, renchérit ce dernier. Je réagissais de la même façon.

Non! Vois-tu ces oiseaux dénommés « madan sara » avaient une spécialité. Ils s'accaparaient de tout ce qui était nourriture dans un champ. Mon père ne connaissait pas leur race. Les volatiles se tenaient en bande et jacassaient beaucoup. Ils étaient friands surtout du millet ou mil appelé là-bas « pitimi ».

— TOYO, s'il te plaît, quel était le dessous des choses dans tout ça?

Ce dernier sourit et passa même sa main sur la tête de Yann.

— Je savais que tu allais venir avec celle là. Le dessous, mon cher, était que les faux « madan sara », les femmes, constituaient un chaînon essentiel dans l'économie haïtienne. Elles allaient chercher les denrées de toutes sortes dans divers coins du pays pour les revendre à la capitale. Elles étaient donc des revendeuses. Étant donné qu'elles ramassaient quasiment tout sur leur passage lorsqu'arrivées en quelque part, on les assimilait à ces oiseaux. Malheureusement, me disait mon père, on n'a jamais reconnu leur rôle de premier plan dans l'économie de ce pays.

— J'ai perdu le fil des faits, TOYO. Tu me parlais des adjoints du chauffeur du camion qui...

— Ah! Oui! coupa TOYO en se frappant le front. Les adjoints du chauffeur devaient négocier ferme avec ses « madan sara ». D'abord, la façon d'arrimer dans la boîte les sacs ou autres objets de la négoce pour les tenir en bon état jusqu'à Port-au-Prince. Ensuite, le prix! Mon père me disait qu'il avait pris plaisir à assister à ces discussions parfois assez orageuses, entre ces femmes et ces débardeurs, lorsqu'il se rendait en vacances en province. Fort souvent le chauffeur, propriétaire ou pas, se tenait loin pour ne pas saper l'autorité de son adjoint. Et quand une « madan sara » allait solliciter sa médiation, il gardait une neutralité bienveillante. Il caressait la tête de la dame en question sans jamais modifier le prix exigé par l'adjoint. Il savait qu'après tout son collaborateur agissait pour le profit de l'entreprise. Toutefois, soit par vengeance soit par bravade, soit pour se défouler de leur frustration, ces dames décernaient, à ces vaillants travailleurs le surnom de

« bèf chin'n ».

— Quoi?

— C'est-à-dire dire, le portefaix qui était obligé de porter le sac de denrées quel que soit son poids, à l'endroit désiré. Elles voulaient par là, indiquer aux adjoints qu'elles pouvaient les faire travailler comme des bœufs enchaînés. C'était une façon pour ces femmes-là de faire mordre la poussière à ces gros gars qui faisaient la pluie et le beau temps grâce à ce pouvoir que leur octroyait leur position. Ils étaient de mauvaise humeur et regardaient de travers quiconque les appelait « bèf chin'n ». Tu vois pourquoi toutes ces anecdotes, tous ces faits, tous ces gestes s'enchaînent dans un ensemble qui caractérise des gens qui comprennent le monde de telle façon plutôt que de telle autre. Qu'on le veuille ou non, ça nous ramène au phénomène « ti bèf » qui avait reçu ce surnom en connaissance de cause et non par hasard...

—C'est peut-être par hasard, renchérit Yann, enthousiaste. Je commence à comprendre pourquoi tu as voulu m'initier à ces aspects d'une collectivité, qui, à première vue, semblent simplistes ou même ridicules. Tu m'as fait passer par des phases où j'avais les yeux brouillés par des larmes que tu n'as pas remarquées. Ma tête est pleine de voix que tu as suscitées. Tout de même, je me permets de te poser une question, vas-tu me répondre?

TOYO regarda le jeune homme les yeux écarquillés. L'image qui se fixa dans sa mémoire était celle de ses moments de prédilection avec son père où celui-ci, détendu et même amusé, livrait à son fils des phases de sa vie qui s'éloignaient de la fange politicienne...

— Pose ta question. Mais il est toujours risqué pour quelqu'un de promettre des choses sans qu'il soit sûr de pouvoir tenir sa promesse. Je prends le risque.

Yann hésita. Il trouva que ce TOYO devenait de plus en plus philosophe au fil de la conversation. Il suspecta que la minuscule bibliothèque contenait sans doute des trésors en pensées philosophiques. Il décidait toutefois de fouiner dans l'intimité de son grand copain, ce qui l'obligeait, par la force des circonstances, à s'intéresser plus à fond à ses faits et gestes.

— Pourquoi, demanda-t-il avec une conviction arrêtée, admires-tu ton père sincèrement et aimes-tu ton oncle profondément?

TOYO, saisi par cette interrogation du jeune homme, garda un moment de silence comme pour arranger une réponse adéquate dans le fouillis des milles idées qui s'entrechoquaient dans sa tête. Une fois de plus sa réponse sera philosophique.

— Yann, tu sais que chaque être humain, volontairement ou involontairement, enfouit dans un espace réservé de son tréfonds ce qu'on appelle sa zone d'ombre ou de lumière. Tu viens de t'immiscer dans ma zone d'ombre. Je n'ai jamais été à l'aise de me rendre à confesse. J'avais toujours trouvé pénible d'aller m'agenouiller devant un homme, quelque représentant de Dieu qu'il soit, pour l'introduire dans ma zone d'ombre... Aimais-tu aller te confesser Yann?

Le jeune homme se sentit vraiment minuscule devant cet astucieux jongleur. Sans le savoir, celui-ci venait justement de s'introduire dans une zone, chez lui, hermétiquement fermée à tout le monde. Il se rendait encore à confesse. Il ne s'était pas débarrassé de ce sentiment inculqué par sa mère à l'effet que toutes passions, tous vices constituent des maladies de l'âme. Il faudra donc se mortifier pour en arriver à leur guérison. Et l'une des façons de se libérer de ce fardeau psychologique et moral était d'aller déposer ses forfaits au pied d'un représentant de Dieu. Il ne pouvait décemment confier à TOYO ce secret très intime de son être. Depuis quelques jours, déjà, un combat à finir se livrait dans sa conscience. Devrait-il aller raconter à un prêtre ces moments de félicité qu'il avait connus avec Linda? Un doute s'était infiltré subrepticement dans son subconscient à propos de la sexualité. Un plaisir aussi délectable pouvait-il être ce mal humain corrompu, infecté, impur dont parlait Thomas D'AQUIN? Pouvait-on ajouter la moindre crédibilité à ces grands scolastiques qui prétendaient que le plaisir sexuel affaiblit la raison et rend l'homme inapte aux choses spirituelles. Il balaya d'un revers de la main ces préceptes inhibiteurs mais une petite voix à l'intérieur titillait sans cesse cette assurance qui germait, qui bousculait toute hésitation pour s'imposer.

— C'est ma zone d'ombre, dit-il franchement à TOYO. Personne ne peut y pénétrer.

— Ah! Ah! renchérit TOYO. Monsieur défend jalousement sa zone d'ombre et il veut s'immiscer dans la mienne.

— Tu n'es pas de la même taille que moi, TOYO, ajouta timidement le jeune garçon.

— Oh! Yann, tu exagères! Mets-toi debout! Tu me dépasses quasiment.

Yann baissa la tête. Il savait très bien que son interlocuteur avait compris le mot « taille » pris au sens figuré. Il s'amusait à jouer au chat et à la souris avec lui. L'essentiel était que TOYO lui procurait une détente qu'il ne pouvait trouver ailleurs. Les psys qu'il avait consultés demeuraient trop vagues sur son mal de vivre. Il devait donc pourchasser son grand copain et le coincer jusqu'à la limite de sa résistance mentale.

— C'est important pour moi, TOYO, de savoir pourquoi tu aimes ton oncle qui s'adonne à une profession peu recommandable.

Le chef ne répondit pas tout de suite. Il se demanda si vraiment son oncle s'adonnait à une profession peu recommandable. Si Yann avait perçu ce dernier comme un individu louche ou non crédible pourquoi ne ressentait-il pas ce sentiment lui aussi? Est-ce le même motif qui poussait son père à avoir envers son frère cette attitude de répulsion? Se pourrait-il que les divinités de Clément l'aient complètement omnibulé? Toutefois, il fallait déjouer l'impression de son jeune ami. C'est pas vrai qu'il n'aimait pas son père.

— Mon père, je l'aime, dit-il, pas de la même manière que Clément. Il y a un instant, je remontais le fil des années où allongé sur un divan auprès de lui, j'écoutais celui-ci se laisser aller à des épanchements émotionnels, moments rares que je cueillais avec avidité. Intellectuel, il aimait plutôt se pavaner dans une salle de classe d'universitaires pour me convaincre de suivre la voie inévitable des études supérieures. Quand il se mettait à me parler de son île perdue, c'est ainsi qu'il désignait son pays, ses yeux me fournissaient des indications précieuses au sujet des informations que le cerveau recherchait. Il vantait le quartier de Port-au-Prince d'où il avait pris naissance. Il me décrivait cette maison, des futaies odorantes, des fleurs aux parfums enivrants, un ravin fantaisiste mais capricieux qui se permettait de donner la frousse aux gens du quartier quand la pluie le transformait en torrent. Il portait le nom aristocratique de « bois de chêne ». Mon père déclamait les trains trains de la vie comme un poète car, disait-il, à son époque les jeunes gens à force d'écrire des lettres d'amour aux filles rimaient leurs écrits comme par enchantement. À l'époque des carnavals appelés là bas « madi gras » des amateurs de bouffonneries cocasses, se revêtaient d'oripeaux et de masques. Ce « madi gras » constituait le lieu où chacun reproduisait ses revendications par la façon de se déguiser. Les femmes aux hardes multicolores dansaient pieds nus. Les hommes les reluquaient et on monnayait les danses à vingt-cinq sous.

Il se montrait d'une pudeur candide en ne me dévoilant pas ses quatre cents coups. Il se montrait démonstratif pourtant lorsqu'il me singeait comment eux dansaient la salsa. C'était l'époque où l'échange culturel entre Port-au-Prince et certains pays environnants battait son plein. Toutes sortes de groupes, de chanteurs, d'ensembles, paradaient dans cette ville. La langue espagnole était assez populaire. Ils écoutaient la Vox Dominicana, Radio progreso de la Havane. Les jeunes gens imitaient Miguel Aceves MEJIJA avec ses rancheras. C'était l'époque de l'existentialisme en Europe. On jurait par Albert CAMUS, Jean-Paul SARTRE, Simone de BEAUVOIR. Il y avait des marxistes sincères et des pseudos aussi. Roger

GARAUDY était l'un des auteurs cités le plus souvent. Les jeunes se sentaient fiers de chanter leur patriotisme en défilant le 18 mai, fête du drapeau haïtien, tout en zieuétant les mollets des jeunes filles drapées dans des jupes de sport courtes au possible....

— Pourquoi t'arrêtes-tu, TOYO? Tu reproduisais fidèlement ton père?

— C'est parce que lui aussi s'arrêtait là... Je lui posais la même question. Il devenait taciturne. Je n'avais pas la maturité nécessaire pour flairer les images qui se bousculaient dans sa tête. Je le cajolais pour qu'il continua. Il disait toujours : « C'est assez! » Je voulais savoir s'il courtisait des filles à tout instant. S'il avait du succès en leur écrivant des lettres d'amour. S'il ne se faisait pas corriger ses fautes d'orthographe car les filles avaient la réputation de connaître leur orthographe passablement bien. Il ne voulait plus rien me dire. Il se renfermait. Aujourd'hui, Yann, je me crois en mesure de deviner tout ce qui l'obligeait à arrêter ses souvenirs. Une fois un ami d'enfance qui batifolait dans le même quartier est venu à la maison avec la photo récente de ce quartier. Il l'avait gentiment mais fermement éconduit sans jeter le moindre coup d'œil sur cette photo. En rentrant dans sa chambre ce soir là, je l'avais entendu fredonner l'international socialiste. Bien qu'il ait été un grand admirateur du Che GUEVARRA, il m'a toujours assuré qu'il n'avait jamais été communiste.

TOYO s'arrêta de nouveau. Il se versa un peu de kola et en offrit un verre à Yann qui déclina l'offre. Grand disciple de SPINOZA qui affirme que la pitié est passion et que l'homme, conduit par la raison, la trouve à la fois mauvaise et inutile, TOYO en décrivant des scènes où la pitié justement s'infiltrait dans les fibres de son être, vacilla sur ces vérités révélées. Il pensa que celui qui combattait des sentiments ancrés au plus profond de lui-même cultivait l'utopie. C'était pourquoi ses sentiments envers son père restaient un point d'interrogation mal défini. Il ne voulait certes pas avoir une affection ayant comme base la pitié pour le géniteur de sa vie. Il se demanda d'où Yann était allé chercher ses impressions. Celui-ci, tout en respectant l'intimité de son ami, entendait le forcer à établir la différence d'affection pour son père par rapport à son oncle.

— Tu ne m'as pas expliqué pourquoi tu as une affection particulière pour Clément?

— Où est-ce que tu vas chercher cette idée là? renchérit-il assez énervé, mon oncle Clément m'inspire. Voilà! Il est cette espèce de chantre d'un pays des esprits où les gens plongés dans ce panier de crabes pourchassent cette main divine qui se volatilise constamment. Il n'a pas l'éventail de connaissances intellectuelles de mon père mais il réunit dans ses propos la grandeur et la profondeur des forces qui s'affirment. Le plus merveilleux dans son attitude, il ne garde aucune rancœur contre ses parents ou contre mon père. Il s'enquiert constamment de ses nouvelles. Dans sa conception de l'humain, il est sincère et il croit que nous devons vivre heureux avec toutes nos contradictions.

Yann avait besoin sans doute de ce petit coup de cœur pour se décider. Il se leva brusquement. Il tendit la main à TOYO ...

— C'est décidé, ponctua-t-il avec conviction, je vais consulter « Crazé bounda ». Allons chez un agent de voyages pour acheter les tickets.

— Quels tickets, vociféra TOYO?

— Les tickets d'avion pour nous rendre à New-York! On n'ira ni à cheval ni à pied, je suppose... Je vais tout payer. Je te l'avais dit au début de notre conversation.

TOYO le toisa et d'un geste bref comme un ordre, il clama.

— On ira en autobus! En autobus haïtien, à part ça.

Yann tourna les talons sans rien ajouter. Il était en furie...

****

Le départ de l'autobus était fixé à 19 h 30. On n'avait pas besoin de tickets. Les informations avaient été données au téléphone à TOYO. Yann était d'une humeur massacrante. À 19 h 43, les gens éparpillés sur le trottoir devisaient comme si de rien était. Cette attitude aiguisa les nerfs du jeune homme vu qu'il ne trouvait personne pour partager son indignation. Pire, il y avait des passagers qui arrivaient encore en riant et en bavardant avec des connaissances. Pour la énième fois, il alla demander à TOYO pourquoi l'autobus n'était-il pas encore arrivé. Celui-ci refusa d'enlever son baladeur et semblait y prendre un plaisir délectable en se balançant de droite à gauche. Yann ne comprit pas ce que disait la plupart des gens qui jacassaient sans arrêt. Il se sentit vraiment étranger à cette agglomération. Il décida, alors, de tirer une revue de son sac à dos. Il n'arrivait pas cependant à se concentrer sur quoi que ce soit. Les lettres dansaient devant ses yeux. Son énervement se décupla lorsque des inconnus voulurent le questionner sur les tenants et aboutissants de son voyage dans la métropole américaine. Il avait dû se montrer assez glacial envers ces gens auxquels il n'avait aucun compte à rendre. D'abord, il ne captait pas l'essence des questions à cause de la vélocité avec laquelle ils s'exprimaient en créole. Ensuite, il ne comprenait pas pourquoi un parfait inconnu entendait s'immiscer dans son intimité. Il mesura la distance qu'il restait encore à parcourir malgré les cours accélérés de TOYO. Ne voyant pas l'autobus, il alla enquiquiner une fois de plus son ami. Celui-ci souleva les écouteurs de ses oreilles et dit énervé : « Autobus la n'en bounda m. » (L'autobus se trouve dans mon cul.) Yann comprit à demi les propos de son ami et virevolta sur lui-même. Il pensa laisser tomber le voyage et plaquer TOYO pris avec ses chimères ésotériques. Une force inconnue le retint cependant. Il alla se blottir contre un pylône électrique tout en se livrant à une analyse de la situation. Voilà l'exemple d'une organisation boiteuse, pensa-t-il. L'autobus aurait dû se trouver au terminus voyageur comme toute compagnie qui se respectait. Il aurait dû avoir en main son ticket qu'il achèterait au guichet comme ça devait se faire. Au moins, estima-t-il, le ou les propriétaires de cette entreprise auraient dû s'aménager un stationnement pour les clients et non les laisser poireauter sur un trottoir. Heureusement que la température se montrait clémente. Il aurait voulu s'enquérir des dispositions prises en hiver mais la réponse lui fut fournie par quelqu'un qui devisait justement avec une autre personne sur les tribulations qu'il avait connues l'hiver dernier à ce même endroit. Il ne poussait pas la curiosité jusqu'à demander au passager si l'autobus se permettait du retard en hiver.

Finalement, le lourd véhicule s'arrima le long du trottoir vers 19 h 52. Aussitôt, la bousculade pour trouver la place favorite débuta. Ce fut un coude à coude sans ménagement pour personne. On aurait dit que tout le monde savait que le nombre de passagers risquait éventuellement de dépasser le quota admissible. Aucun respect pour les premiers arrivants. Dans le brouhaha pour que chacun, aidé du chauffeur, puisse arranger ses bagages, TOYO eut le temps de se faufiler, de payer le montant pour deux au conducteur et choisir sa place ainsi que celle de Yann. Il s'asseyait au milieu de l'autobus et désigna la deuxième banquette au jeune homme. Ce dernier comprit que son ami ne désirait pas endurer ses sautes d'humeur et surtout ses curieuses questions durant ce long trajet. Il s'était inquiété, avant même de s'amener à la station, de savoir si le véhicule roulait avec toutes les assurances inhérentes à de tels véhicules. TOYO s'était montré agacé quand la question lui avait été posée car il avait haussé les épaules en guise de réponse. Yann n'en menait pas large donc lorsqu'il s'était assis sur la deuxième banquette à droite. Le chauffeur, décrivant un large sourire, attendit que tout son monde soit assis pour offrir à ses hôtes les explications de son petit retard. Il désigna une vieille dame rabougrie sur la troisième banquette de gauche. Celle-ci baissait la tête comme si elle regardait constamment vers la terre qui réclamera bientôt son cadavre. Avec une sensibilité qui frisait même la sensiblerie, il expliqua à ses passagers qu'il avait dû effectuer un détour, non prévu, par Rivière-des-Prairies pour embarquer la vieille qui voulait effectuer ce voyage. Elle n'avait personne pour l'accompagner et il dut accepter de la prendre sous sa responsabilité. Yann resta étonné quand plusieurs personnes s'offrirent spontanément pour prendre la vieille grand-mère en charge. Il sentit une sorte de vibration qu'il avait du mal à qualifier. Il jeta un coup d'œil circulaire mais englobant à l'intérieur de l'autobus. La jovialité du chauffeur jointe à sa façon de rassurer tout le monde comme quoi le voyage devait se dérouler sans anicroche avec l'aide de Dieu et de tous les saints du ciel, lui insuffla un sentiment de sécurité. Avec une telle attitude et une façon d'agir aussi bon enfant, devait-on se soucier du genre d'assurance que détenait ce véhicule? Commençait-il à palper dans le vif des faits et gestes des gens, ce coin de mysticisme ordinairement dénommé « bon Dié bon » (Dieu est bon) que TOYO s'efforçait d'introduire dans sa tête? Était-ce plutôt ce fatalisme insolite dont il avait capté les contours dans les non-dits de son ami? Quoiqu'il en fut, le lourd véhicule démarra après un signe de croix en hâte que le chauffeur traça sur son front.Le jeune homme grimaça une moue cependant en observant la petite affiche bien en vue près du rétroviseur qui caractérisait le nom du véhicule. C'était écrit « CÉ NOU MIM'M ». Il comprenait assez la langue créole pour comprendre que ça signifiait « C'EST NOUS AUTRES » . Il s'indigna du fait qu'on n'avait même pas prévu une traduction française du slogan. Ce qui le choqua, davantage, fut le sentiment de sectarisme qu'il croyait détecter comme la chose en-dessous que TOYO se plaisait à lui faire ressortir dans chaque geste posé. Il s'interrogea sur la portée de cette affiche « CÉ NOU MIM'M » pour se convaincre qu'il ne tomberait pas dans cette sorte de cloison psychologique par rapport à la société dans laquelle il évoluait. Les questions s'entassaient dans sa tête avec plus de virulence et d'insistance. La musique dispensée par les hauts parleurs du véhicule le fit sortir de cette espèce de torpeur. Dès le début de ses contacts avec les collègues du cégep, il aimait participer aux danses où le rythme compas battait son plein. Au début, les gens riaient de sa gaucherie pour rouler ses hanches comme il convenait sous l'emprise des filles. Il ne mit pas grand temps à trouver les mouvements adéquats. Ce qui lui avait valu les félicitations de TOYO et la conviction de celui-ci qu'il était de la graine des Haïtiens, d'Haïti Thomas. TOYO ne pouvait pas lui donner la signification de ce « Haïti Thomas ». Même l'historien de père de ce dernier, paraît-il, n'avait aucune explication valable à offrir.

La dame qui partageait sa banquette lui offrit de partager aussi son repas. Yann observa que la plupart des gens commençait à sortir des plats où le riz et le pois rouge dominaient. Les aliments de la dame qui avait décliné son nom exhalait un fumet qui mettait de l'eau à la bouche du jeune garçon. Il ne sut, cependant, quelle attitude adopter. Il trouva gênant de partager comme ça la nourriture d'une personne qu'il ne connaissait pas. Il chercha du coin de l'œil le regard de TOYO pour lui quêter son avis par un geste mais ce dernier était absorbé dans sa musique, baladeur aux oreilles, en fermant les deux yeux. Avec un serrement de cœur, il déclina l'invitation de sa voisine à la grande déception de cette dernière. Il remarqua un certain raidissement dans le visage de quelques passagers. Ils ne mangeaient pas. Ils ne causaient pas. Un mot échappé par une dame en arrière de lui apporta un soupçon de réponse à son interrogation. Cette dernière expliqua à sa voisine qu'il y avait des gens dans l'autobus même s'ils étaient en règle pour être admis aux États-Unis redoutaient farouchement le passage à la frontière. Lorsque l'autre, un peu plus jeune, s'enquit de la cause de cette paranoïa, il lui fut répondu que cette attitude trouvait sa racine dans les années soixante dix. Des gens ayant été trompés par des individus peu scrupuleux au pays, furent désappointés lorsqu'arrivés ici ils constataient que la frontière canado-américaine n'était pas aussi poreuse qu'on leur avait laissé entendre. Malgré tout, pour toutes sortes de raisons, ils n'entendaient pas s'établir au Canada. Alors débuta pour ces apprentis fraudeurs, ce jeu du chat et de la souris avec les douaniers américains. Ils employèrent candidement des stratagèmes les plus farfelus les uns que les autres. Ils se faisaient pincer à tout coup. Ils étaient rares ceux qui avaient pu passer entre les mailles du filet. Ils étaient devenus ce qu'on pouvait appeler un groupe à risque...

Tout se déroula cependant avec sérénité. Au poste de frontière, le douanier se montra plutôt complaisant. Rien de particulier à signaler sinon que tout le monde devait montrer patte blanche pour avoir accès à ce territoire particulier de la planète terre. Vu l'attitude de l'officier de la douane, ce service pensa-t-il ne s'inquiétait plus des petits jeux de passe passe de l'Haïtien moyen. Un air de détente se remarqua quand même dans le gros véhicule. Le son de la musique augmenta et le chauffeur semblait jouir d'un air particulier qui l'excitait à se tortiller derrière le volant. Un passager alla lui parler à l'oreille et celui-ci baissa le volume au grand soulagement du jeune homme. Bientôt le petit bruit en sourdine des pneus qui crissaient avec douceur sur l'asphalte, le ronron monotone du moteur, le silence qui régna au fil des minutes qui s'égrenaient à l'intérieur du lourd véhicule terrassèrent la résistance du jeune homme et le plongèrent dans un sommeil plutôt léthargique.

Il se revoyait enfant en train de crier avec force à ses petits camarades : « Moi, j'ai le cœur blanc etc... etc... » Il revivait des scènes où sa mère le cajolait en lui racontant des histoires tirées de la mythologie gréco-latine. Le leitmotiv qui soutenait ces récits était la peur de se voir plonger dans la déchéance humaine. Brusquement sa mère se changea en une vieille sorcière hideuse. Elle gémissait et lui reprochait ses faits et gestes des dernières semaines. Elle redevenait en un clin d'œil cette belle femme qu'il avait connue et qui lui prodiguait des soins et le comblait de petites gâteries. Elle était allongée sur un lit miteux et se plaignait des maux qu'elle ne pouvait pas identifier. Son soigneur était « ti bèf », tel que décrit par TOYO. Il entra dans une sainte colère et repoussa ce zombi qui s'affairait à laver les pieds de sa mère. Dès qu'il eût pris la place de l'intrus, la femme affaissée sur le lit retrouva son sourire. Elle lui reprocha tout de même sa conduite infâme en se laissant entraîner par un sbire de Satan pour aller adorer le représentant du diable en personne. Il se réveilla précipitamment.

— Non, dit-il, « crazé bounda » n'est pas le représentant de satan.

Il jeta un coup d'œil circulaire dans l'autobus. Heureusement pour lui, tout le monde roupillait à commencer par sa voisine. Comment aurait-il expliqué à cette dernière les propos qu'il venait de prononcer? Il tira une revue de son sac et lut quelques instants. L'envie l'avait pris de jaser avec le chauffeur car les gens dormaient, ce qui était décourageant pour le pauvre conducteur. Comment aller lui converser en français sans passer pour un snob? Il aurait bien aimé savoir la satisfaction retirée dans un tel métier. Si les gens se confiaient à lui. Si c'était vrai que des individus sortaient de Montréal pour aller consulter « crazé bounda ». Avec la réputation que lui faisait son neveu, ce hougan devait être connu par bien des gens et en particulier d'un chauffeur d'autobus? Découragé d'être ainsi seul, le jeune homme s'efforça de retrouver un sommeil plus détendu.

Il fut réveillé par sa voisine. Celle-ci voulut savoir si c'était la première fois que son voisin de banquette se rendait dans la métropole américaine. Elle s'excusa à l'avance de son initiative. Yann sourit. La femme expliqua à son jeune voisin qu'elle consentait à jouer le rôle de guide car elle effectuait la navette entre New-York et Montréal. Chaque quinzaine, disait-elle, cet autobus la conduit pour l'aller comme pour le retour. Elle apprit au jeune homme, sans aucune réticence, qu'elle achetait des petites babioles à New-York pour les revendre à Montréal. Sa clientèle était stable. Elle avait fini par façonner une catégorie de clientes bien établies grâce au savoir faire de sa mère. Celle-ci s'organisait, en Haïti, en allant de région en région pour venir vendre des choses à Port-au-Prince. Yann montra un petit sourire de satisfaction que la dame était loin de capter. Il jeta un furtif coup d'œil sur la banquette de TOYO pour gratifier à ce dernier sa reconnaissance mais il dormait à poings fermés. Voilà que, dans l'autobus même, il pouvait palper du doigt le résultat des enseignements de son ami. La dame était donc un rejeton d'une « madan sara ». Sauf, qu'elle ne le disait pas. Elle profita de la conversation pour glisser à Yann quelques tuyaux au cas où ce dernier voudrait passer de petites choses sans payer de taxes d'accises. Elle s'empressa de lui faire comprendre que ce n'était pas de la fraude ni de la contrebande. Elle n'aurait jamais accepté de se livrer à un trafic de quoi que ce soit. C'était tout simplement ce qu'on appelait « dégagette » en créole. Elle expliqua à Yann qui, d'après elle, avait dû naître ici, les dessous du mot « dégagette ». Le jeune homme se contenta de feindre son approbation par des signes de tête. Encouragée, la dame montra à Yann les endroits qu'elle décrivait avec une exactitude consommée. Elle connaissait les noms des rues de la banlieue de New-Jersey et les monuments et les places publiques. Au fur et à mesure que l'autobus avalait les kilomètres qui le séparait de Brooklyn, la destination finale, la passagère servit à Yann le plein de sa connaissance en matière touristique et surtout en matière de réalité sociale qui n'avait rien à voir avec les séquences télévisuelles. Yann se sentit bien sûr honoré d'avoir eu cette chance par hasard. Si cette dame s'exprimait assez bien en français, elle glissait assez souvent des expressions créoles qu'elle s'empressait de lui expliquer car dans sa tête le jeune homme ne pouvait pas maîtriser la langue de cette « Haïti Thomas ». Vers cinq heures du matin, le lourd véhicule s'immobilisa. Il n'eut pas de brouhaha contrairement à ce que Yann appréhendait. Les bagages des passagers leur furent remis dans un ordre assez cohérent. Yann remarqua surtout que des parents et amis faisaient office de taxis car il n'y eut que quelques passagers qui retenaient le service d'un transporteur régulier. Un rapide coup d'œil édifia le jeune homme sur l'état sordide de ce quartier de Brooklyn...

Il savait déjà que le New-York exhibé dans les films ou dans les séquences télévisuelles n'était pas ce genre de quartier. Il remarqua également qu'il se trouvait quasiment dans une portion de la ville où les Noirs occupaient le haut du pavé. Bien qu'il fût tôt, les gens qui déambulaient étaient tous des Noirs. Il se demanda pourquoi sa mère ne l'avait jamais amené à New-York alors qu'il visitait avec elle des villes d'Europe, d'Asie ou d'Amérique Latine? Entre-temps, TOYO semblait chercher quelque chose ou quelqu'un. Il fit signe à Yann. Celui-ci traversa en courant la rue, ce qui porta TOYO à lui faire une remontrance sur ce geste imprudent. Le jeune homme ignora orgueilleusement la remarque. Il voulut ainsi, dès le départ, élever ce mur d'autonomie qu'il entendait ériger pour ne pas être totalement abandonné aux mains de son ami. D'ailleurs, il ne prisait pas du tout l'attitude de ce dernier alors qu'ils attendaient l'autobus. Une grosse voiture gris pâle qui laissait l'impression d'une limousine s'arrangea à la hauteur de TOYO. Celui-ci prêta attention et reconnut Clarisse, la femme de son oncle. Assise à l'arrière comme la rentière qui se pavanait pour afficher son aisance financière, elle agita ses mains pour attirer l'attention du jeune homme. TOYO se précipita. Il entraîna presque en courant son jeune ami. Il sentit la moutarde lui monter au nez du fait que son oncle avait délégué sa femme pour venir les accueillir. Les présentations une fois faites, TOYO, par courtoisie, s'assit avec sa tante en invitant Yann à prendre place auprès du chauffeur. Clarisse se montra volubile en voulant tout expliquer aux deux gars et surtout à Yann quand elle apprit que ce dernier était en train de prendre son baptême de feu de New-York. Le jeune homme écouta avec respect tout en pensant à la dame de l'autobus qui voulait jouer au guide touristique. Il se demanda si toutes les femmes haïtiennes avaient une propension à être guide de quelque chose. La voiture était vraiment d'un luxe immodéré. Il se remémora les paroles de TOYO à l'effet que son hougan d'oncle gagnait décemment sa vie. Bien qu'aux États-Unis, posséder une grosse et luxueuse voiture n'était pas un gage de fortune, le jeune homme tiqua sur la conception que certains accordaient au mot « aisance ». Tout en écoutant poliment Clarisse, il remarqua que les artères empruntées par sa limousine, grouillaient de monde, de véhicules de toutes sortes. Il comprit alors qu'à New-York, les affaires, comme la vie, ne prenaient pas le temps de respirer. Il estima que le chauffeur appuyait avec trop de conviction sur le « champignon ». Il se rappela alors les directives de sa mère quand celle-ci le mettait en garde contre la vitesse au volant. Il ne put lui demander de soulever son pied de l'accélérateur car la confiance semblait étouffer cet artiste du volant qui se livrait à une vraie valse pour trouver des raccourcis susceptibles de les mener plus tôt à la maison.

En entrant dans le secteur dit « Queens », il vérifia de visu la dissemblance avec la partie de Brooklyn qu'il venait de quitter. Il constata d'abord la différence au point de vue aspect général et ensuite le style des maisons qui reflétait un certain standard qu'il qualifiait au-dessus de la moyenne. Les maisons unifamiliales s'alignaient dans une élégance pittoresque. Habiter dans un tel coin indiquait qu'on ne végétait pas parmi les démunis. La puissante voiture s'introduisit dans un garage dont la porte s'ouvrait automatiquement. Il eut juste le temps d'apercevoir l'éclat de la façade de la maison qui annonçait l'opulence du propriétaire. Tout le monde s'introduisit dans la demeure par le biais d'un escalier en colimaçon qui donnait sur une pièce attenante au salon. Yann, habitant une résidence cossue de la banlieue de Montréal, se trouvait en terrain familier. Clarisse, voulant sans doute épater ce dernier, proposa de montrer à ses invités les différentes pièces que contenait l'édifice. TOYO, devinant que c'était un peu superflu, pour les nerfs de son ami, déclina l'invitation et demanda d'être conduits à la chambre qui leur était réservée. Clarisse s'empressa de leur dire que chacun disposait d'une chambre située face à face. Yann était passablement soulagé de ne pas avoir TOYO dans son environnement immédiat.

Vers quatre heures de l'après-midi, alors que les deux invités, reposés à souhait, prenaient les dimensions des lieux sous la direction de Clarisse, une porte au deuxième sous-sol attira l'attention de Yann. La femme de Clément, sans attendre la question du jeune homme, précisa, en chuchotant, que cette porte demeurait constamment fermée. C'était l'entrée du hounfort. Si on n'avait pas vu son mari depuis le matin c'était que celui-ci se recueillait et surtout se concentrait en vue de la grande cérémonie qui devait se dérouler le lendemain soir en l'honneur de « Papa LEGBA »...

Yann ouvrit de grands yeux. Il fit un geste comme pour solliciter de Clarisse une précision mais TOYO s'interposa en demandant à sa tante la permission d'aller faire un tour de ville avec le chauffeur. L'harmonie entre les deux amis interprétait une musique très discordante. Yann refusa l'invitation et partit s'enfermer dans la chambre mise à sa disposition.

Alors qu'il s'apprêtait à ouvrir la porte, celle-ci fut poussée de l'intérieur. Un type qui affectait l'allure de « ti bèf » d'après la description de TOYO, s'effaça devant lui pour le laisser pénétrer dans la chambre.

— Qui êtes-vous?

L'inconnu baissa la tête. Il se faufila dans le couloir à pas pressé. Yann le poursuivit. L'homme disparut aussi promptement qu'il s'était montré. Yann chercha l'inconnu. Il n'arrivait pas à détecter l'endroit où il s'était faufilé. Une frayeur naturelle paralysa les fibres de son corps. Il se sentit engourdi de la tête au pied. Il fit un énorme effort pour se libérer de cette torpeur. Les élucubrations de TOYO sur les pouvoirs surnaturels de Clément envahirent sa pensée. Il vacilla un tout petit peu. Clarisse apparut aussi soudainement que l'autre avait disparu. Après avoir expliqué qu'il s'était perdu, Yann bégaya quelque chose que Clarisse prit pour une vision que le jeune homme venait de subir. Elle l'accompagna jusqu'à la porte de la chambre qui lui était réservée. Ce dernier s'allongea sur le lit et plongea dans un profond sommeil.

****

Quand le soir Clément se montra, c'était comme si Yann

connaissait cet homme. La description que lui avait donnée son ami ne se démentait pas. Il fut quand même épaté de voir qu'un homme d'apparence si fragile pouvait être détenteur de pouvoir intemporel. Le jeune garçon analysa les yeux, la figure, le sourire tranquille qui éclairait ce visage. Il se demanda, par quel phénomène, des « divinités » auraient choisi ce bonhomme à l'air si inoffensif pour y demeurer et lui octroyer des forces supraterrestres. Une fois de plus, il pensa que TOYO mettait cet oncle préféré sur un piédestal rien que pour compenser le mépris affiché par son père à l'égard de cet homme peu conventionnel. Il avait remarqué comment son ami serrait fort dans ses bras cet oncle qui lui rendait son affection par une longue accolade. Il posait des questions tout bas à son neveu comme si Yann ne devait pas entendre. Ce dernier comprit que TOYO était en train de lui expliquer la raison de ce voyage à New-York. Il se montra encore plus agacé devant ce conciliabule de l'oncle et de son neveu sur son dos. S'il y avait quelqu'un qui connaissait son état d'âme c'était bien lui. Il allait s'éloigner quand TOYO l'appela.

— Mon oncle veut t'apprendre quelque chose de très intéressant.

Yann se retourna en traînant les pieds, semblant vouloir faire comprendre aux deux comploteurs que rien dans tout ça ne l'intéressait.

— « Map crazé bounda mauvais zè kap baou traka, ti ason. (Jeune homme, je terrasserai l'esprit malin qui t'emmerde.)

Yann se contenta de sourire. Pour le peu de créole qui constituait son vocabulaire, il avait compris. TOYO traduisit quand même la phrase pour montrer que son oncle ne badinait pas avec les affaires sérieuses. Il se retira en laissant son ami en tête à tête avec le hougan. En s'en allant vers sa chambre, il crut apercevoir la même silhouette remarquée le midi. Il avait bien observé une demi douzaine de gars qui travaillaient dans cette maison. Celui-là lui donnait l'illusion d'être complètement différent. Il se précipita à ses trousses. Il cria : « Ti bèf? »... « Ti bèf? » Ce dernier se faufila avec une dextérité hors du commun pour se dérober à sa vue. Il commença à donner foi à l'histoire de TOYO. Si vraiment les agents d'immigration n'avaient pas pu voir « ti bèf »?...

Il rentra à pas pesants dans sa chambre pour réfléchir sur la phrase du hougan.

****

Les gens arrivaient en grand nombre. Yann fut abasourdi de constater la quantité de voitures qui se garaient dans les rues avoisinantes. Tout le monde parla, officiellement, de la fête du saint patron de la localité de Clarisse qui se fêtait habituellement dans cette demeure. Celui-ci armé d'un paquet, celui-là d'une boîte, chacun apportait son tribut à la fête. TOYO et Yann s'étaient expliqués et les deux avaient compris que pour la cérémonie de ce soir, personne n'avait intérêt à bouder personne.

Une effervescence de gare de triage régnait dans la maison depuis l'aube. Les préparatifs s'accéléraient à un rythme d'enfer. Yann voulut raconter à TOYO les deux visions de « ti bèf » qu'il avait cru avoir vu mais ce dernier lui fit comprendre que ce n'était pas le moment car le « zombi » devait travailler nuit et jour pour assurer la propreté des lieux. Sur ce point, Yann fut édifié. Tout luisait comme si une main invisible besognait sans arrêt. Il remarqua aussi une femme d'âge mûr, l'air bizarre accompagnée d'une douzaine de jeunes femmes qui pénétraient au deuxième sous-sol. TOYO ne pouvant trouver des explications valables à offrir à son ami, dut se rabattre sur Clarisse. Malgré ses activités, celle-ci accepta de combler quelque peu la curiosité de son jeune invité.

— Cette femme, dit-elle, est une « mambo ».

— Man.... quoi?

Yann grimaça pour montrer à son interlocutrice qu'il ne parlait pas la langue secrète des adeptes de sectes sataniques.

Clarisse sourit d'un ton engageant.

— La « mambo », reprit-elle, est l'équivalente du hougan. Cependant, celui-ci possède plus de pouvoir et peut empêcher la « mambo » d'exercer ses capacités. C'est pourquoi, elle travaille avec un hougan.

— Pourquoi n'êtes-vous pas « mambo », ma tante? lui demanda TOYO.

— Parce qu'il y aurait de la concurrence entre mon mari et moi. Ça ne se fait pas.

— Que viennent faire ces jeunes femmes qui accompagnent la dame?

Yann, de plus en plus décontenancé, pensa à orgies. Y aurait-il, par hasard, des orgies sexuelles durant une telle cérémonie?

Clarisse de plus en plus amusée se sentit valorisée de pouvoir expliquer à ces jeunes gens les dessous d'une représentation vaudouesco-religieuse.

— Elles? Ce sont des « hounsis » c'est-à-dire des assistantes du hougan ou de la mambo. Elles vont s'habiller en blanc ce soir.

— Pourquoi? S'enquit Yann.

— C'est comme ça, répondit Clarisse. C'est la tradition.

Yann se contenta de ces explications et s'amusa à répertorier les allées et venues des gens. Ça grouillait comme un essaim d'abeilles. L'idée de se sauver effleura son esprit à maintes reprises. Pour espionner un peu et vérifier les vantardises de TOYO, il parcourut les rues avoisinantes afin de détecter les plaques d'immatriculation. Effectivement, les gens sortaient d'un peu partout. Bien entendu, sous prétexte de fêter un Saint patron, aucune autorité ne trouverait insensée l'organisation d'une fête. Le jeune homme s'était rendu trois fois à une cabine téléphonique non loin de la maison de Clément. Au troisième appel, une voix qui paraissait être celle de sa mère répondit. Il s'empressa de raccrocher le récepteur. Il passa le reste de la journée, angoissé. Il éprouva une douleur assez vive à l'estomac. Clarisse joua au médecin et composa une décoction de feuilles qu'elle pria le jeune homme d'avaler en se signant avant de la boire. Définitivement, Yann se sentait un zombi pour sa part et se demanda ce qu'il était venu fabriquer dans ce foutoir.

Vingt deux heures. Le jeune homme fut prié de s'introduire dans le hounfort en compagnie des autres. Yann resta transi d'étonnement de voir d'abord la grandeur de ce temple du vaudou. L'espace alloué y prenait toute la base de la maison. On se trouvait dans un décor psychédélique. Le jeune homme savait déjà que la cérémonie de ce soir était dédiée à « papa Legba ». Une frayeur incontrôlable le saisit mais il essaya de se dominer. D'un coup d'œil circulaire, il nota un tas d'objets hétéroclites arrangés avec un soin particulier. Les images étaient affichées avec une certaine délicatesse. Les articles sacrés de la religion vaudou étaient placés suivant un ordre bien déterminé. Au centre d'une cloison de planches peintes en rouge sur fond noir, il remarqua la statue, en pierre taillée, d'une femme-sirène. Une équipe d'anges au pied d'une montagne protégeait un champ de vignes que surplombait la silhouette d'une déesse. Des images du général Baron-la-Croix, autre dieu de la religion vaudou, le montraient jouant de la trompette. Sur les rebords de sa redingote, on pouvait voir une bonne vingtaine de clous de tailles différentes. Également dans le décor, il y avait le portrait de saint Jacques le Majeur. En colère et écrasant une tête de dragon, il montrait à une foule de mendiants le chemin de l'enfer. D'autres objets étranges retinrent l'attention du jeune homme et le paralysèrent quasiment. Clarisse lui glissa à l'oreille l'importance du « poteau mitan » qui trônait au beau milieu de la salle.

Clément, méconnaissable dans ses apparats, annonça à l'assistance nombreuse que « le service de ce soir était à l'honneur de « Papa Legba », le plus obligeant des dieux, le bon papa dont le rôle bienfaisant consistait à veiller sur le bien-être de ses fidèles en se tenant par tous les temps invisible et puissant au seuil des habitations, à la « barrière des propriétés, à la croisée des chemins pour défendre ses sujets contre la malfaisance des mauvais esprits ».

Le jeune homme avait de la peine à reconnaître l'oncle de TOYO qui s'était présenté à lui il y avait quelques heures. Cette métamorphose de Clément augmenta son effroi. L'envie de faire pipi chatouilla son bas ventre. Il se retint car il sentait ses deux pieds devenir de plus en plus ankylosés.

Ces mots d'évocations scandés par l'officiant, ne tombèrent pas dans l'oreille d'un sourd en ce qui concernait Yann. Il devint livide et se cacha derrière une personne pour que le hougan ne puisse pas le voir. De son côté, le ministre du culte ayant agité l'asson et la clochette, invoqua la protection des dieux par le marmonnement d'une prière et traça des signes cabalistiques devant l'autel avec de la farine de maïs. Il implora spécialement « Legba » en langage ésotérique pour qu'il manifestât sa présence. Le hougan prenant une à une les poules, menu fretin du service, leur tordit le cou et les empila devant l'autel. Les femmes les enlevèrent ensuite pour la cuisson. Les tambours entrèrent alors en action et sur un rythme endiablé la cérémonie se poursuivit pour atteindre un paroxysme inégalé. Yann remarqua que, non seulement Clément s'exprimait dans la langue de la personne qui l'interrogeait mais encore qu'il se transformait à vue d'œil à chaque demi-heure.

Le coup de grâce, pour le jeune homme, frappa vers minuit trente. Le hougan dirigea son regard vers l'endroit où il se tenait. Yann essaya le plus possible de se dissimuler derrière un grand bonhomme mais sa tactique ne marcha pas. Dans un langage qu'il ne comprenait pas mais que Clarisse s'empressa de lui traduire, le jeune homme fut invité à s'approcher près de l'autel. Il fut quasiment poussé par TOYO. Le hougan lui prit les deux mains. Il les joignit ensemble.Les souleva au-dessus de sa tête. Puis, avec un mélange pâteux contenu dans un coui (récipient hémisphérique fabriqué avec le fruit d'un arbre appelé : callebasse), il lui traça des signes étranges sur la tête. Il se baissa et murmura dans l'oreille du jeune homme que son cas n'est pas si compliqué en ce qui concerne la liturgie vaudouesque. Son affaire était simple comme bonjour. Il était « réclamé » par Maîtresse ERZULIE. S'il consentait à épouser cette dernière, toutes ses angoisses prenaient fin immédiatement. Tout son mal de vivre partirait comme par enchantement. Étant donné que Clément ou « crazé bounda » ou « legba » s'exprimait dans un parfait anglais, le jeune homme faillit tomber en syncope. Une fois délivré des griffes du hougan qui lui demandait d'aller réfléchir, Yann sortit du hounfort en courant et en hurlant. TOYO se rendit compte que son ami, se trouvait dans l'impasse où il n'aurait jamais dû y être. Le désespoir absolu s'était emparé de lui. Il se précipita dans la cour et trouva ce dernier en train de se rouler par terre. Il gémissait. Il gesticulait. Il braillait. Il criait. Il appelait sa mère au secours. Il se leva et se mit à courir de travers dans la vaste cour. TOYO s'était mis à courir après son ami essayant de l'attraper. Celui-ci le maudissait. Le rendait responsable de ce gâchis qu'il venait de faire de sa vie. Pour une fois, TOYO étalait son impuissance devant son jeune camarade. Lui aussi ne savait pas ce que voulait dire le mariage avec Maîtresse ERZULIE. Il expliqua à Yann qu'il ne connaissait pas grand-chose dans la liturgie vaudouesque. Une voiture de police vint à passer dans une rue adjacente. Yann poussa des cris stridents pour attirer l'attention des agents. TOYO le plaqua sur l'herbe en lui appliquant une clé de karaté. Au même moment, Clarisse bondit à l'extérieur. Elle trouva les deux garçons en proie à une agitation incontrôlable. Elle leur fit comprendre qu'ils devaient réintégrer le hounfort car « Hogoun Batagri » (autre divinité vaudouesque), devait faire son entrée et il leur jetterait un mauvais sort s'ils n'étaient pas à l'intérieur pour lui rendre hommage. Yann fut d'une insolence rare avec la dame en lui disant que son sort était déjà décidé. Que son coquin de mari voulant se débarrasser d'une pimbêche, sa maîtresse, lui demandait de l'épouser pour exorciser son mal. TOYO dut demander à Clarisse quelle était cette comédie montée par son oncle. Ce n'était pas bien de vouloir se débarrasser d'une femme et de vouloir la refiler à un adolescent, comme épouse. Bien entendu, vu le tragique de la situation, Clarisse ne pouvait pas rire aux éclats. Elle dut expliquer rapidement aux deux jeunes gens que Maîtresse ERZULIE était une divinité vaudouesque. Que ce n'était pas une femme en chair et en os. Toutefois, elle pria ces derniers de rentrer pour le reste de la cérémonie sous peine d'un mauvais sort. Là où étaient rendues les choses, ces messieurs se montrèrent plutôt coopérants.

Inutile de dire que Yann ne connut pas une seconde de sommeil. La cérémonie avait pris fin vers les quatre heures du matin. Toutefois, la vie dans la maison ne recommença que dans l'après-midi. TOYO s'empressa de demander à son oncle un moment de rencontre. Celui-ci grimaça un sourire en guise de réponse. Il s'attendait à cette demande. Vers les six heures du soir, l'oncle convoqua les deux gars sur la véranda en arrière de la maison. Parlant avec une lenteur étudiée, Clément expliqua au jeune homme que son mal ne venait pas d'un quelconque Satan mais plutôt de cette Maîtresse qui le réclamait.

Yann ne put prononcer un seul mot tant il était traumatisé par cette révélation. Il ne savait vraiment pas s'il devait considérer le hougan comme un déséquilibré mental ou un malicieux charlatan. Son hésitation vint dans la façon dont cet homme d'une obligeante humilité, abordait son cas. Il n'affectait aucunement l'air d'un bluffeur. Aucun montant d'argent ne lui était réclamé bien qu'il s'était prémuni d'une certaine somme. L'oncle de TOYO se livrait avec eux à un véritable panorama de la liturgie vaudouesque. Yann, contrairement à TOYO qui buvait quasiment chaque mot du hougan, en prenait et en laissait. Ne voulant pas montrer au maître de la maison qu'il le prenait pour un fantaisiste, il insista pour lui démontrer l'impossibilité d'une telle stupidité. D'un calme imperturbable, le hougan précisa.

— Je ne vous ai pas encore expliqué les conditions posées par Maîtresse ERZULIE.

— Mais mon oncle, Yann ne peut pas se marier. Point.

Le hougan secoua sa tête.

—Ce n'est pas plus exigeant qu'une religieuse catholique qui épouse Jésus! Est-ce que Jésus vit chez elle? Ton ami va épouser, au cours d'une cérémonie qui se déroulera ici, Maîtresse ERZULIE. Il y a des conditions. Il doit y avoir une chambre dans la maison consacrée à Maîtresse. Cette chambre sera parfumée et arrangée selon les vœux de Maîtresse. Ensuite, chaque jeudi, il ne doit approcher aucune femme ni physiquement ni autrement.Il séjournera dans cette chambre et y dormira. S'il accepte, je lui dirai comment satisfaire Maîtresse sentimentalement.

—Aura-t-il le droit d'épouser une autre femme? S'enquit TOYO un peu éberlué.

— Sûr! Reprit le hougan. Il peut avoir une femme qui sera sa femme. Mais aux yeux de Maîtresse, cette femme sera considérée comme la vraie maîtresse car la femme légitime ce sera Maîtresse ERZULIE elle-même...

Yann se leva... Il manifesta son mécontentement au hougan qui venait de jeter sur sa tête un galimatias qui le perturbait encore davantage. Il voulut prendre le chemin du retour immédiatement. TOYO lui fit comprendre qu'il ne pouvait pas agir ainsi avec son oncle. Il ne lui demandait pas d'accepter le mariage avec la divinité vaudouesque. Au moins, son oncle lui avait donné une réponse contrairement aux spécialistes de tout acabit. Yann se calma. Le hougan en profita pour lui renouveler que son cas était simple et que sa paix intérieure dépendait de lui seul.

Le trajet de retour s'était effectué sans anicroche. Yann qui occupait la même banquette que TOYO décida de se retirer pour dialoguer avec lui-même en plaquant un baladeur sur ses oreilles. Son ami respecta sa décision et ne le dérangea pas. Auparavant il avait demandé gentiment au chauffeur de mettre le volume de la radio de l'autobus assez faible. Une petite anecdote se produisit à Lacolle. Arrivé à la frontière canadienne, Yann qui paraissait heureux de retourner dans son patelin se montra un peu taquin. Quand la jeune douanière monta dans le véhicule pour les formalités d'usage, Yann demanda à TOYO s'il ne trouvait pas que celle-ci avait l'air plutôt sévère. TOYO lui fit remarquer que ces étudiantes jouaient fort souvent au « tough » pour impressionner les gens. TOYO ajouta que cette brune pêche était d'origine haïtienne. Yann sourit et fit remarquer à son ami qu'il voyait des Haïtiens partout, lui. Celui-ci paria un dollar avec le sceptique.

— Koté ou sere six boutaye bouéson en » (Où as-tu caché les six bouteilles d'alcool?) dit-il à son voisin en élevant la voix.

Immédiatement, la jeune douanière tourna la tête vers les deux passagers.

— Sortez-moi les six bouteilles d'alcool?

Elle paraissait prête à les faire descendre de l'autobus pour une fouille en règle quand TOYO lui dit.

— C'est pas vrai! On n'a aucune bouteille d'alcool. C'était pour vérifier avec mon ami si tu étais d'origine haïtienne. J'ai parié « une piasse » avec lui.

TOYO n'en menait pas large devant le regard soupçonneux de la jeune femme.

— On ne me tutoie pas, pour commencer! Ensuite, on ne plaisante pas avec ces choses-là. Ça peut vous coûter cher.

Elle tourna les talons mais elle souriait sous cape.

— Merci, madame, dit TOYO, Excusez-moi...

L'autobus démarra en direction de Montréal.

****

— Le docteur Yann DÉLARMOTHE est demandé d'urgence au bloc opératoire... Docteur DÉLARMOTHE!...

Une heure après cet appel, un jeune médecin sortit dans le couloir où attendaient des gens et demanda la mère de Michaéla. Celle-ci inquiète au possible, se présenta. Le médecin assura la dame que l'enfant se trouvait hors de danger et qu'elle devait se reposer.

— Elle a été chanceuse de ne pas avoir un organe vital

endommagé, dit-il. Il n'y aura aucune séquelle de l'accident.

Le médecin allait prendre congé de la dame quand il fixa cette dernière avec attention.Il poussa un cri.

— Mais c'est Linda! Linda! Linda!

La jeune femme resta comme transie de stupeur. Elle regarda celui qui la serrait dans ses bras avec une telle fougue et ne prononça aucun mot.

— C'est Yann! Jubila-t-elle. Yann!

La femme n'en revint pas.

— C'est vous Yann! Je ne vous aurais pas reconnu. Vous êtes...

— Pourquoi ce « vous » entre nous. Dis-moi « tu » Linda!

La femme toute abasourdie répéta machinalement.

— Yann! C'est toi! C'est toi!

Le médecin proposa à la dame d'aller ensemble prendre quelque chose à la cafétéria. Ils pourront alors bavarder avec plus de sérénité et se raconter bien des anecdotes. Yann eut le temps d'observer que Linda n'avait pas perdu grand-chose de son sex-appeal. Sa démarche lui rappela un moment qui demeurait gravé dans sa mémoire. Une fois assis l'un en face de l'autre, Yann voulut savoir tout de suite l'histoire de Linda depuis le jour où ils s'étaient perdus de vue. Cette dernière, encore sous le coup de l'émotion, ne put articuler aucun mot. Elle baragouina quelques syllabes confuses montrant par là à son vis-à-vis qu'elle devait reprendre son souffle. Yann brassa avec lenteur le café qui dégageait la vapeur de son arôme. Il fixa Linda avec des yeux charmés mais fureteurs comme pour questionner la jeune femme avec la magnétisation de ce charme étrange jamais démenti. Cette dernière se raidit pour neutraliser ce tremblement nerveux et plus ou moins perceptible. Elle chuchota d'un ton alangui...

— Laissez-moi... pardon, laisse-moi ramasser mes idées. Commence par me raconter plutôt tes bons et mauvais coups... surtout les bons.

Le jeune médecin sourit. Dans son esprit mijotaient tant de choses qu'il se demanda par quel bout commencer. Si cette femme assise en face de lui ne dégageait pas cette senteur qui l'avait enivré jadis, sa mémoire n'aurait pas été aussi paresseuse. Il respira profondément. S'entremêlèrent ses doigts reproduisant ainsi les gestes qui l'assaillaient devant son potentat de mère.

—À mon retour de New-York, raconta-t-il, j'étais complètement perdu. TOYO t'avait sûrement façonné les faits selon ses points de vue à lui. Cependant, la façon dont son hougan d'oncle s'y prenait pour guérir mon mal, m'avait traumatisé plutôt qu'autrement. J'ai passé un mois dans un abîme complet. Je ne voulais voir personne. J'avais emménagé physiquement et clandestinement dans un appartement à Montréal. Clandestinement? D'une certaine façon, oui. Mes cliques et mes claques demeuraient encore chez ma mère mais je n'y allais presque plus. Je passais mes journées couché dans un lit. Dieu merci, ma mère n'avait pas fermé ce compte à la banque qu'elle continuait à alimenter. Tu vois Linda, je n'arrive pas à cerner encore les motivations de cette femme. J'ai une avidité à me l'expliquer. J'ai besoin jour après jour de m'expliquer à quelqu'un.

Linda s'était mise à se masser les tempes. Elle revit en pensée ce grand adolescent qu'elle avait ensorcelé en lui offrant ce lait d'initiation sexuelle. Elle revoyait surgir du pantalon du jeune homme ce pénis qui lui fait perdre le contrôle d'elle-même. Elle eut l'impression que son ventre redevenait en feu. Une vague de chaleur affluait entre ses cuisses, imperceptiblement. Elle ne s'arrêtait pas de repasser ces moments dans sa tête comme si tout s'était déroulé hier. Le jeune médecin, qui voguait dans les nuages de ses souvenirs impérissables ne remarqua pas que la respiration de la jeune femme s'était modifiée. Comme praticien de la santé, il ne saisit pas cette foudre qui venait de l'intérieur de son interlocutrice pour s'abattre sur son visage. Cette dernière toussa pour le remettre sur terre.

— Pourquoi veux-tu t'expliquer aux gens? Le passé ne reviendra jamais.

—C'est vrai! Cette femme exceptionnelle participait à la vitalité de l'espèce humaine, comme c'est le rôle des mères humaines, en installant de solides interdits pour éviter la dégénérescence. Je me considérais comme quelqu'un où le corps et l'âme ne constituaient plus la même réalité exprimée en deux langages différents. Seul, je me suis exigé un effort de purification et de réforme de moi-même. La principale médication du hougan à savoir que je devais épouser Maîtresse ERZULIE qui me réclamait avec des interdits ici et là, m'avait donné un coup de fouet positif. J'ai compris qu'aucune divinité ne pouvait prendre plaisir à notre impuissance. Il convenait de chasser la mélancolie aussi bien que d'apaiser la faim et la soif, de connaître l'essence de son moi profond qui permet de vivre mieux. J'ai vécu une période en solitaire. Je me suis repris en mains. L'une de mes sœurs chercha mon refuge. Elle finit par me retrouver pour m'expliquer qu'on avait appris, à la maison, mon mariage avec une dénommée ERZULIE. J'ai eu beaucoup de difficultés à lui expliquer les subtilités ou si tu veux les dessous de cette affirmation. Logiquement, comment faire comprendre à des gens moulés dans le creuset des pensées du monde occidental, qu'une « femme-divinité » requiert un jeune homme en mariage. Ma sœur était sortie de ce tête-à-tête avec moi, convaincue que j'avais perdu la boussole. Quand ma mère apprit cette deuxième nouvelle, elle flancha. Une crise d'apoplexie fut diagnostiquée et elle perdit l'usage de la parole.

Le jeune médecin s'imposa quelques minutes de répit que Linda respecta. Elle évita avec une certaine pudeur de le fixer droit dans les yeux.

— Ma mère avait désespérément envie de me voir m'adapter à ce pays, grommela-t-il, elle se trouvait constamment à mes côtés. Dès que j'appris la nouvelle de ce tragique accident, je me considérai responsable. J'étais sans cesse hanté par des images où je revoyais les yeux sombres mais toujours pleins de douceur de celle-ci quand je commençais à flotter dans un espace irréel. Ses ambitions sociales, débordantes, et son espoir vivace et même douloureux de me voir devenir, d'une façon ou d'une autre, l'homme dont elle avait rêvé. Je l'ai entendue raconter, à maintes reprises, la manière dont elle tenait mon petit menton dans l'avion qui nous amenait vers cette destination indestructible. Pas de passion sans action, dit SPINOZA. Des choses inertes et mortes ne pâtissent pas. Alors, j'ai pris une photo que je gardais constamment avec moi malgré toutes nos mésententes. C'était celle qui mettait en évidence tous ses atours de jolie femme. Je me suis mis à genoux devant cette image et je lui ai parlé à haute voix : « C'est toi ma Maîtresse ERZULIE, tant et aussi longtemps que je ne t'aiderai pas à recouvrer la parole, je ne verrai pas les yeux d'une autre femme. »

— A-t-elle recouvré la parole?

Yann sourit. Il resta surpris de la pertinence de cette question. Linda, de son côté, était encore plongée dans ses souvenirs et ne se rendit pas compte que la question sortait spontanément.

— Non! Elle est encore en période de réadaptation. Le progrès se fait sensiblement chaque jour.

— Veux-tu dire qu'une fois replongé dans les études tu as abandonné TOYO et sa « gang »?

— Pas du tout! De deux biens, on doit choisir nécessairement celui qu'on estimera plus grand. Ma mère m'avait fait du bien! TOYO m'avait fait du bien. Je me trouvais, une fois de plus, dans un dilemme. Alors, TOYO me proposa la chose la plus merveilleuse de ma vie. Il m'avait personnellement accompagné lors de ma première visite à ma mère. Celle-ci, malgré sa solitude forcée par la nature de l'handicap, me serra la main d'une manière telle que j'ai compris le message. Il y a mieux, par des gestes, elle demanda à TOYO de l'embrasser. Dès lors, ma vie vogua vers la destinée qu'elle m'avait choisie comme dans un rêve prémonitoire. Ma potentialité intellectuelle revint comme par enchantement et c'est ainsi que j'ai terminé mes études médicales et depuis deux ans, je poursuis ma spécialisation en neurochirurgie.

— Comme ta mère l'avait prédit!

Une fois de plus, Linda soupira en foudroyant Yann avec des éclairs dans son regard. Elle ne croyait en rien où il y avait un relent d'ésotérisme. Elle s'évada, cependant, dans le temps qui constitue, comme le nombre, un simple auxiliaire de l'imagination. Étant donné que la durée s'avère une continuité indéfinie d'existence, toute chose tend à persévérer dans son être et ne vise jamais sa propre destruction. Elle se remémorait ses phrases, où elle faisait miroiter, aux yeux candides de l'adolescent d'alors, que la jouissance infinie de l'existence constituait l'éternité. Elle était consciente que le grand jeune homme assis en face d'elle avait réglé avec son psychisme cette expérience mystique qui la conduisit à la béatitude.

— Où est ta mère actuellement?

— À la maison! On l'amène chaque semaine à la clinique pour sa séance de réhabilitation. Moi, je la vois chaque quinze jours. Inutile de te préciser que je suis son médecin traitant.

— As-tu des nouvelles de TOYO, toi?

— Ah! Ah! Ah! Ah!

Le jeune chirurgien laissa voir ses dents blanches dans un éclat de rire. Il avait réagi comme si ce nom provoquait chez lui tout un miasme de faits et gestes avec lesquels il devait cheminer pour le restant de son existence.

— Tu veux faire allusion à monsieur le directeur?

— Monsieur le directeur!

La surprise de la jeune femme fut telle qu'elle laissa échapper un morceau de galette qu'elle s'apprêtait à introduire dans sa bouche.

— TOYO actuellement occupe le poste de directeur d'une institution en Haïti.

— Raconte-moi ca, Yann! Tu vas m'amener de surprise en surprise, paraît-il?

— TOYO avait posé un geste qualifié de chevaleresque. Même après l'embrassade, ma mère demeurait suspicieuse à son égard. Puis, je ne sais par quel étrange phénomène, elle

164

s'était senti rassurée. Il serait trop fastidieux de t'expliquer scientifiquement le cas de ma mère. Toujours est-il qu'elle pouvait se servir de sa main gauche car le côté droit était pratiquement mort. Elle apprit à tracer des lignes puis des mots avec sa main gauche. Il fallait voir comment TOYO, dont ce n'était pas le boulot, s'armait de patience pour l'aider dans ses gestes de récupération primitive du début de tout être humain. Bientôt, on lui procura un appareil qui l'aidait à fonctionner à qui mieux mieux. Elle pouvait dicter ses désirs, ses attentes, même ses espoirs. TOYO prouvait éloquemment son art d'apprivoiser ses semblables. À la grande surprise de tout le monde, la présence de l'un ne devint nullement étouffante pour l'autre. Ma mère, à l'aide de l'appareil, voulut savoir les tenants et aboutissants de cette histoire de mariage avec Maîtresse ERZULIE. TOYO ne se fit pas prier. Il mijotait le récit avec quelle sauce ? Mystère et boule de gomme. L'essentiel était que des mimiques reflétant la satisfaction intérieure apparaissaient sur ce visage devenu neutre depuis quelques temps déjà. Je peux avancer sans crainte de me tromper qu'un genre d'amitié s'était développé entre ces deux-là. Sur l'insistance de cette femme qui exorcisait jadis ce diable en personne, TOYO devait régulièrement se rendre auprès d'elle. Il devint, par la force des choses, un ami de la famille. Il racontait des histoires féeriques à tout le monde, amenant ainsi dans la maison une atmosphère de détente générale. Il devint le lecteur attitré de ma mère en ce qui a trait à la littérature haïtienne. Bientôt, les confidences apparurent. TOYO, timidement d'abord, me confia les petits secrets dévoilés au compte-gouttes. Le grand dilemme qui me hantait et qui, malgré toute la certitude de TOYO, me chatouillait l'esprit par ce doute incessant, me fut communiqué un soir.

J'avais des soupçons que TOYO en savait plus qu'il m'en disait. Tu sais, quand on a décortiqué quelqu'un dans les moindres recoins de son être, on finit par le saisir à travers les infimes cillements de ses yeux. Quand TOYO m'affirma que ma mère n'abordait jamais avec lui le lieu de ma naissance, je ne l'ai pas cru. J'ai employé la tactique du chat qui dormait. J'ai étalé, avec une patte de velours, ce désarroi qui me poursuivait. J'étais conscient que TOYO se dépêtrait dans une croisée de chemins sinueux. Il craignait de poser un acte considéré contraire à cette confiance que lui accordait cette femme. Il avait promis, à ma mère, de garder ce secret que celle-ci confia finalement à lui seul. Il constatait en même temps l'amère déception qui s'emparait de moi face à un ami sûr. Quand j'ai vu dans quel état je réduisais TOYO, j'ai voulu laisser tomber. Je me suis évertué à me faire comprendre que ce secret gardé par cette femme, qui livrait un combat de tous les instants, avec les neurones de son cerveau pour me protéger de ce mal fictif, dépassait l'orgueil humain.

Le jeune chirurgien s'accorda encore un répit. Il ne pouvait humer ce parfum qui s'irradiait du corps de Linda sans ressentir ce trouble intime. La jeune femme se rendit compte de l'effet inespéré qu'elle produisait encore sur le frêle chirurgien en dépit de sa carrure d'athlète.

— Et TOYO céda devant ton charme irrésistible, murmura-t-elle, câline.

— Pas à cause de mon charme, rectifia Yann, mais plutôt face à ma sincérité à laquelle, il était difficile de résister. C'était peut-être aussi que j'avais percé sa carapace d'invulnérabilité. Ou bien que son ego l'avait précipité hors du champ de la fidélité à la parole donnée. Tu sais, Linda, l'ego de quelqu'un ne se mesure pas avec un centimètre. Il m'apprit, alors, que ma mère était allée effectivement me chercher dans un orphelinat à Port-au-Prince. Elle s'était même rappelée du nom de la directrice de l'institution, Emma, qu'elle s'appelait. Plus précisément, sœur Emma. Il paraît qu'elle affichait, aux yeux de ces collaboratrices, un attachement particulier à mon endroit. Ce fut, elle, ma première mère. De plus, paraît-il encore, ma vraie mère m'avait donné un nom bizarre.

— Pourquoi bizarre?

— Je portais, paraît-il, le nom d'un politicien charismatique à cette époque. Il paraît, d'après les lettres de

TOYO, qu'il était un parfait fumiste qui prétendait régler le problème de la misère des gens par un coup de baguette magique.

— Tu te laisses encore manipuler par TOYO.

— Linda, je n'ai jamais été manipulé par TOYO. Il est un gars sincère en son genre. Toutefois, il y a une énigme qui me chicote...

— Oh! Toi, Yann! Tu cherches constamment midi à quatorze heures. Il faut que tu arrives à ne pas considérer le quotidien comme une suite de crises à répétition. La vie demande, de temps en temps, une trêve. Tu ne peux pas vivre constamment dans des angoisses existentielles.

Yann revit l'appartement 15. Il se visionna en train de sucer le sein gauche de Linda. Celle-ci avait repris le ton d'autrefois pour le secouer un peu. Il se ressaisit vite.

— C'est très important Linda, renchérit-il. TOYO avait appris de ma mère qu'il existait une lettre écrite par ma mère biologique. Je retournerais le monde à l'envers pour prendre connaissance de cette missive. On a retrouvé une dame qui travaillait à cette institution à l'époque. Il paraît que la lettre était écrite dans une facture distinguée.

— Ne me dis pas, Yann, que tu vas entreprendre la pénible tâche de retrouver ta mère biologique? La mère dont tu t'occupes actuellement ne te suffit pas?

— Je ne sais pas Linda, pourquoi j'aimerais lire cette lettre...

— Ah! J'comprends, maintenant.

— Quoi?

— La mission de TOYO là-bas, se résume à trouver cette fameuse lettre qui l'amènera à ta mère biologique. Yann tu te compliques la vie...

La jeune femme secoua sa tête en guise de découragement. Elle la pencha sur les doigts de sa main droite comme un appui pouvant l'aider à comprendre cet homme bouleversé à n'en plus finir.

— Non Linda, reprit le médecin d'une voix grave, ce

n'est pas la mission de TOYO. Te rappelles-tu qu'il avait fini par obtenir la confiance totale de ma mère. Un projet germa dans la tête des deux. TOYO m'apprit, un jour, qu'il devait se rendre en Haïti pour aller voir Jean-Baptiste...

— Quel Jean-Baptiste? Sursauta Linda.

—« Ti ba », ajouta le médecin. Ce dernier avait voulu passer des paroles aux actes. S'il jouait à être travailleur de rue ici, pourquoi ne ferait-il pas la même chose dans son pays d'origine? Il se rendit là-bas avec un groupe de jeunes appartenant à un organisme. Après six mois, il écrivait pour dire comment il aimait son expérience. Alors, j'ai profité du départ de TOYO pour aller jeter un coup d'œil. Je venais juste de terminer ma quatrième année en médecine. Une fois sur place, le projet prit corps. Je me suis proposé pour m'occuper du volet santé. TOYO mobilisa toute la « gang à TOYO » dans le projet. C'est ainsi qu'à tour de rôle, des jeunes d'origine haïtienne se rendent en Haïti pour faire fructifier la fondation. Bien entendu, ma mère ne fut pas étrangère au financement de départ. C'est pourquoi TOYO avait jugé bon de lui rendre hommage en appelant la fondation Marie-Louise.

— Pourquoi, Marie-Louise?

— C'est le prénom de ma mère. C'est la première fois que je le prononce devant toi, hein!

Linda ne savait pas vraiment si elle devait raconter sa vie au jeune médecin. Tout semblait baigner dans l'huile pour ce dernier à condition qu'il n'aille pas se casser la tête avec « cette lettre » de sa mère biologique. Mais, elle fut ramenée au bord de la table par son vis-à-vis...

— Parle-moi de toi, Linda? T'as un enfant c'est déjà quelque chose.

Les derniers mots s'éteignirent dans la bouche du jeune chirurgien. Ce fut comme les bougies d'anniversaire qu'on croyait éteintes et d'où les flammes resurgirent, nous laissant éberlués et perplexes. Les images et les pensées tournoyaient dans l'esprit de la jeune dame.

— J'ai mis au monde un enfant, chuchota-t-elle, en

dessinant un rictus au coin de ses lèvres. Tu sais, ma belle théorie de l'hédonisme, je l'ai vécue avec la généreuse passion qui consumait en moi les pulsions qui chatouillaient tous mes fibres érogènes. Je n'ai rien regretté. Je t'avais dit que je voulais expérimenter cette tendance à l'agression que nous décelons en nous-mêmes surtout lors de certains ébats sexuels. C'est au cours de cette expérimentation que j'ai rencontré le père de Michaéla.

— Tu devais le dépuceler?

Linda absorba cette flèche lancée par son interlocuteur avec une pointe d'ironie dans la voix. Elle essaya d'attraper au vol le ton qui, fort souvent, dénotait le fond de l'âme.

— Il avait déjà goûté aux voluptés que procurent les seins d'une femme.

Le jeune chirurgien, pour sa part, reçut le pot avec sérénité.

— Je ne voulais pas te...

— Je t'en prie, Yann, coupa la jeune femme. Pas de séance de flagellation, s'il te plaît. Je hais ces exercices de compassions inutiles. J'ai donc rencontré cet homme avec qui je voulais avoir un enfant. Tu sais, quand une femme s'achemine irréversiblement vers un certain âge, des questions subtiles mais constantes s'infiltrent dans la pensée. Les réponses, alors, ne sont nullement évidentes.

— Et tu as choisi volontairement d'avoir un enfant avec lui?

— Oui!

C'était tellement sèche, cette réponse, que Yann jugea préférable d'écouter son interlocutrice. Il croisa les mains et regarda celle qui était assise en face de lui avec des yeux qui troublaient Linda de plus en plus.

— Je ne veux pas que tu me regardes avec ces yeux là.

— Mais je... je...

— Mon ami doit déjà être arrivé au chevet de l'enfant. Je lui avais téléphoné car c'est son petit frère qui conduisait sa voiture.

— Je croyais que tu n'habitais pas avec le père de l'enfant?

— Ce n'est pas le père de Michaéla. Il se trouve quelque part en Californie. Celui-là c'est mon conjoint de fait. Je l'ai rencontré à mon travail.

— Tu forniques avec tes patients? Tu sais que c'est défendu!

Linda sentit un chatouillement du côté de son cœur. Elle fut heureuse de rendre Yann jaloux. Ce dernier qui attendait la réhabilitation de sa mère pour regarder les yeux d'une autre femme était susceptible de vaciller sur ce socle fragile.

— Je ne suis pas sexologue, ponctua Linda, j'avais dû abandonner mes études lors de la grossesse et je ne les ai jamais reprises. Je travaille actuellement dans l'informatique, mon compagnon aussi.

— Tu l'as déjà dit, reprit le chirurgien sèchement, pourquoi tous ces détails. C'est superflu!

— C'est toi qui m'as demandé de parler de moi.

La jeune femme répliqua aussi cavalièrement. Les deux amis éclatèrent de rire. Linda signifia au médecin qu'elle devait retourner au chevet de Michaéla. Ce dernier la rassura sur l'état de santé de sa fille. Il lui fit comprendre qu'elle ne gardera aucune séquelle de l'accident. En s'en allant dans la chambre où se trouvait l'enfant, Yann arrêta Linda...

— Dis-moi, as-tu été l'amie de cœur de TOYO?

La jeune femme sursauta. Elle prit quelques secondes.

— Pourquoi veux-tu savoir ça, Yann?

— J'sais pas! Ou... du moins... c'est important pour moi.

— Yann, tu remues toujours les vieilles affaires. Laisse mourir ta jeunesse. C'est mieux!

Le jeune médecin tint la main de la jeune femme.

— Je t'en supplie, Line, réponds à ma question?

— Je ne veux pas que tu m'appelles Line. C'est du passé ça. Tu gardes ta manie de confondre le réel et l'imaginaire...

Au même instant, un homme se précipita vers les deux interlocuteurs. Il s'enquit des nouvelles de la petite fille. Yann

170

le rassura. Il regarda celui-ci avec beaucoup de curiosité.

— Ah! C'est vous, Yann! Linda parle si souvent du fait qu'elle ne vous a jamais revu, que je m'étais mis en tête que vous étiez son ancien amoureux. Elle conserve encore un gros nounou jaune citron que vous lui aviez donné. Elle dort même avec lui.

La jeune femme happa le bras de celui qui racontait, sans le vouloir, des secrets que le jeune chirurgien n'avait pas besoin de connaître.

— Il est comique, dit-elle, il me fait tout le temps des blagues de même.

— Penses-tu?

— Certain! Je m'en vais Yann. Dans combien de temps penses-tu que ta mère puisse recouvrer l'usage de la parole?

Yann semblait ne pas saisir la subtilité de la question.

— Oh! La médecine fait son possible. Mais tu sais, la nature obéit à ses lois!

— Les miracles! Ça existe aussi. Tu n'y crois pas, Yann?

— Après tout ce que j'ai appris avec TOYO, rien n'est impossible.

Le docteur Yann DÉLARMOTHE est demandé d'urgence au bloc opératoire!... Docteur DÉLARMOTHE!

LINDA s'immobilisa pour regarder le jeune médecin, agile comme un chat, emprunter les marches de l'escalier qui conduisait à la salle d'opération. Elle essuya une petite larme qui glissait du coin de ses yeux. Elle n'en comprit pas la raison...

Pierre SAINT-SAUVEUR
1997-07-28

Les Éditions pour tous ont publié jusqu'à présent :

UNIVERS CITÉS de Pierre Ozias Gagnon, collection POÉSIE pour tous, 1990, 597 p., 30 $.

JOCELYN, tome premier, d'Eugénie Saint-Pierre, collection ROMAN pour tous, 1994, 153 p., 15 $.

JOCELYN, tome deuxième, d'Eugénie Saint-Pierre, collection ROMAN pour tous, 1994, 165 p., 15 $.

GÉRER LE CHANGEMENT ET RÉUSSIR de Raymond Landry, collection AFFAIRES pour tous, 1994, 260 p., 14,95 $.

NEIGE de Florence Nicole, collection ROMAN pour tous, 1994, 366 p., 18,95 $. Épuisé.

INSTANTS DE VIE de Nicole Fournier, collection VIVRE pour tous, 1995, 137 p., 12,95 $.

THE WEEPING ANGEL de Louis-Paul Béguin, collection NOVELS For All, 1996, 229 p., 14.95 $ CA, 12,95 $ US.

FAMILLE ET CIE ou Le pouvoir d'une femme de Lucien Gagnon, 1997, collection VIVRE pour tous, 279 p., 18,95 $.

LE CHARIOT DE L'ESPOIR d'Eugénie Saint-Pierre, collection ROMAN pour tous, 1997, 205 p., 16,95 $.

ÉCRITS DES TROIS PIGNONS de Louis-Paul Béguin, collection ESSAI pour tous, 1997, 271 p., 17,95 $.

LA PATIENCE D'ÊTRE de Madeleine Vaillancourt, collection ROMAN pour tous, 1997, 127 p., 13,95 $.

MOI, J'AI LE CŒUR BLANC de Pierre Saint-Sauveur, collection ROMAN pour tous, 1998, 171 p., 17,95 $.

LA BIBLE DU PÊCHEUR de Yvan Leblanc, collection PÊCHE pour tous, 1998, 148 p., 14,95 $, mini format pratique.

ACHEVÉ D'IMPRIMER
CHEZ
MARC VEILLEUX,
IMPRIMEUR À BOUCHERVILLE,
EN MARS MIL NEUF CENT QUATRE-VINGT-DIX-HUIT